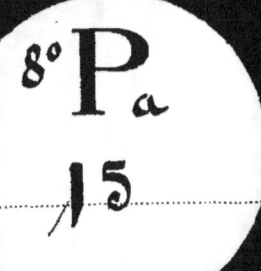

C. KLINCKSIECK

LIBRAIRE DE L'INSTITUT DE FRANCE.

11, RUE DE LILLE, PARIS.

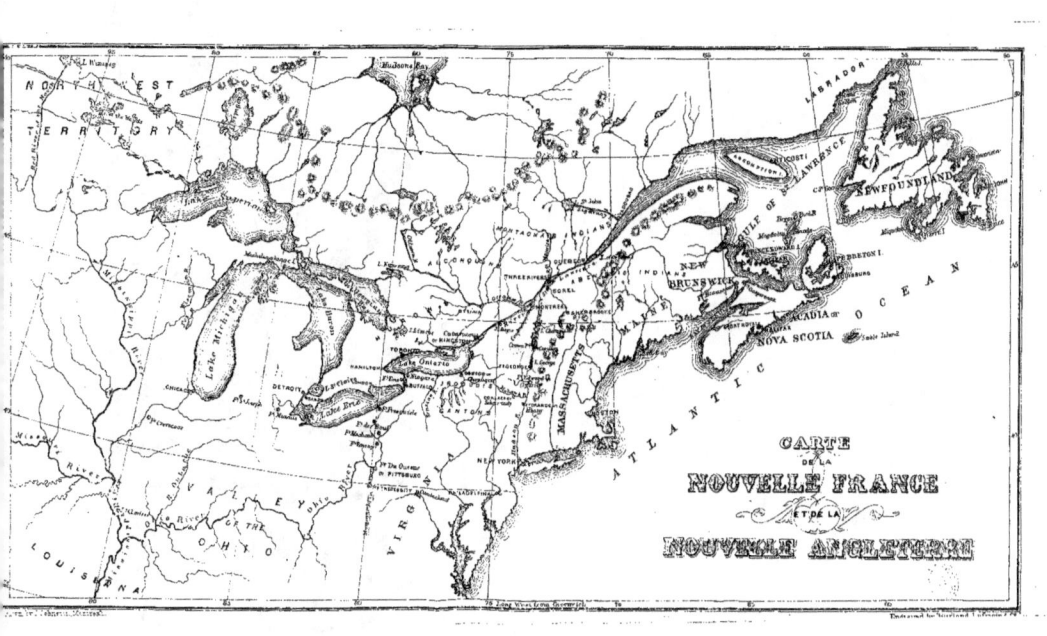

NOUVELLE SERIE D'HISTOIRES DU CANADA.

HISTOIRE DU CANADA

POUR LES ENFANTS

A L'USAGE DES

ÉCOLES ÉLÉMENTAIRES

PAR

HENRY H. MILES, M.A., LL.D., D.C.L.

Ouvrage approuvé par le Conseil de l'Instruction Publique
de la Province de Québec pour écoles élémentaires et écoles modèles
protestantes et catholiques, et pour servir de livre de
lecture anglais dans les écoles françaises.

TRADUIT DE L'ÉDITION ANGLAISE PAR

L. DEVISME, B.A., DE L'UNIVERSITÉ DE FRANCE.

MONTRÉAL:

PUBLIÉ PAR DAWSON FRÈRES.

1872.

Imprimé par T. & R. WHITE, (*Gazette*), vis-à-vis le Bureau de Poste.

Cliché par A. MORRISON & FILS, Montréal.

PREFACE DE L'EDITION ANGLAISE.*

Ce petit livre contient une esquisse de l'histoire du Canada depuis l'époque de la découverte du pays jusqu'à nos jours. Il a été expressément préparé pour des commençants et de jeunes lecteurs, comme premier cours. Conséquemment, il ne comprend que les faits les plus remarquables et les plus importants. L'ouvrage consistant surtout en récits intéressants sur les caractères et les incidents historiques, récits convenablement arrangés suivant l'ordre des temps, pourra aisément, à l'aide de la carte générale qui se trouve au commencment, de la table chronologique et du questionnaire qui se trouvent à la fin, permettre à l'instituteur judicieux de donner une connaissance du sujet suffisante pour que l'écolier soit en état de passer au second volume de la série, plus considérable et qui a pour titre : "Histoire du Canada à l'usage des écoles."

Québec, avril 1870.

* Sur les fréquentes demandes qui leur ont été faites d'une traduction de ce petit ouvrage, l'auteur et les éditeurs ont enfin décidé de publier une traduction de cette édition en Français.

TABLE DES MATIÈRES.

Cartier à Miramichi.

CHAPITRE I.

Premier voyage de Jacques Cartier au Canada.—Les Sauvages.

1. Jacques Cartier était un fameux navigateur de St. Malo, en France, et vivait sous le règne de François Ier.

François était jaloux du roi d'Espagne dont les sujets gagnaient richesses et renom dans les régions nouvellement découvertes au-delà de l'Océan Atlantique. Il envoya donc Cartier avec deux navires et 120 hommes, avec ordre de chercher du côté de l'ouest, quelque passage conduisant au Japon, à la Chine et aux Indes Orientales.

2. Cartier fit voile de St. Malo en Avril 1534. Après un voyage de trois semaines, il atteignit Terre-Neuve dont il fit le tour pour passer, en suivant le détroit de Belle-Isle, dans le Golfe St. Laurent qu'il traversa pour gagner le continent de l'Amérique du Nord. En route, il visita les îles connues maintenant sous le nom d'Iles de la Magdeleine. L'une d'elles nommée l'Ile de Bryon lui parut valoir mieux que Terre-Neuve

tout entière. Il y avait de grands arbres, des prairies
où croissait le blé sauvage, des pois en fleur, et des
vignes, des fraises, des roses rouges, du thym et autres
plantes aux fortes senteurs. Ses gens débarquèrent
sur une autre de ces îles et y tuèrent plus de mille
oiseaux. Ces volatiles étaient en telle abondance que
dans l'espace d'une heure on aurait pu en avoir assez
pour remplir 30 grands bateaux.

On pense que la partie continentale aperçue d'abord
par Cartier est celle qui porte aujourd'hui le nom
de *Nouveau-Brunswick*, près de l'embouchure de la
rivière *Miramichi*.

Cartier vint ensuite à Gaspé où il débarqua. On
était au mois de Juillet, et vû la grande chaleur qu'il
faisait, il donna à cette partie du pays le nom de *Baie
des Chaleurs*.

3. Il consacra quelque temps à chercher un passage
par où il pût continuer sa route vers l'ouest.

N'en trouvant aucun, il fit ses préparatifs de départ.

4. Le 26 Juillet, Cartier fit planter une croix de bois
de 30 pieds de haut pour indiquer que le roi de France
était dès lors maître de cette région. Le nom du
prince fut gravé sur la croix. Il y avait près de là
quelques Sauvages qui regardaient; Cartier leur dit
par signes de ne pas toucher à la croix. Afin d'exciter
en eux des sentiments de crainte et d'étonnement, et
pour leur donner une idée de la puissance des Français,
il fit tirer le canon.

Il leur donna en présents des verroteries, des cha-
pelets, des croix, des hachettes et de petits miroirs.
Les Sauvages, pour montrer leur joie, se mirent à
danser une ronde, les hommes d'un côté, et les femmes
de l'autre.

5. Lorsque tout fut disposé pour le départ, Cartier
attira le chef des Sauvages près de ses bateaux. Alors
deux des fils du vieillard furent saisis à l'improviste
et emmenés à bord; puis les deux navires s'éloignèrent avec les deux captifs.

Nous ne pouvons pas louer Cartier de cette action.

bien que ses intentions fussent bonnes, et que de pareils actes ne fussent pas rares dans ces temps-là. Il avait en vue de faire apprendre la langue française à ces jeunes gens pour s'en servir ensuite comme d'interprètes entre lui et les Sauvages.

En quittant la côte de Gaspé, Cartier fit comprendre aux indigènes réunis sur le rivage qu'il reviendrait rendre les deux fils du chef.

6. En cinglant vers le nord jusqu'à l'île d'Anticosti, il aperçut l'embouchure du fleuve St. Laurent, mais il pensa que ce n'était qu'une grande baie.

La saison était avancée, et le temps devenait mauvais. Cartier se consulta avec ses officiers et les pilotes et il fut convenu qu'on retournerait en France.

Vers la mi-août, on mit à la voile et l'on se dirigea sur l'Est pour regagner la Bretagne. Le 5 Septembre Cartier rentrait heureusement avec ses hommes et ses vaisseaux dans le port qui l'avait vu naître, St. Malo.

Ainsi finit le premier voyage au Canada.

CHAPITRE II.
Second voyage de Cartier.—Le St. Laurent.— Stadacona.—Hochelaga.

Cartier, ayant débarqué à St. Malo, alla sans tarder à Paris pour rendre compte de son voyage au roi. A la cour, il montra ses deux captifs dont les noms étaient *Taiguragny* et *Domagaya*. Il parla aussi des bonnes terres qu'il avait vues dans l'ouest, ainsi que des beaux arbres et des fleurs qui y croissaient. Il dit qu'il devait y avoir d'autres terres à trouver, peut-être avec de l'or et de l'argent dont les Espagnols trouvaient alors une si grande quantité au Mexique et au Pérou. Il exprima l'espoir de prouver, par un autre voyage, qu'il existait un passage jusqu'à Cathay, nom qu'on donnait alors à la Chine et au Japon.

Le roi François et ses courtisans furent bien satisfaits du rapport de Cartier, et des ordres furent donnés pour faire les préparatifs d'un second voyage.

7. Pendant l'hiver, tout fut tenu prêt pour le second voyage dans l'ouest. Cette fois on équipa trois navires, la *Grande Hermine*, la *Petite Hermine* et l'*Emérillon*. Des vivres en abondance, des canons, et d'autres articles de nécessité furent emmagasinés à bord. Outre les équipages de matelots et les pilotes dont on avait besoin pour les bâtiments, un certain nombre de jeunes seigneurs obtinrent la permission de s'embarquer. L'espoir de ces derniers était d'avoir la bonne fortune, comme les Espagnols, de se faire un nom, aussi bien que gagner de l'or, de l'argent et des pierres précieuses. Lorsque les préparatifs furent terminés, Cartier et ceux qui devaient faire voile avec lui, se rendirent ensemble à l'église de St. Malo pour y implorer les bénédictions du ciel. Le mercredi suivant, 19 mai 1535, ils partirent pour leur voyage, par un vent favorable.

Taiguragny et Domagaya étaient à bord de la Grande-Hermine avec Cartier. Ils avaient fait quelques progrès dans la langue française, de manière qu'ils étaient en état de rendre service comme interprètes ou autrement.

8. Après une traversée orageuse de près de 10 semaines, les navires arrivèrent sans encombre au *Blanc-Sablon*, hâvre situé sur la côte du Labrador, au-delà de l'entrée du détroit de Belle-Isle dans le golfe St. Laurent.

Puis, on fit voile entre Anticosti et la terre-ferme, vers l'embouchure de la grande rivière que Cartier avait crue n'être qu'une baie. Quand on eut doublé Anticosti, Taiguragny et Domagaya reconnurent où ils étaient. Ils dirent à Cartier qu'il se trouvait près de l'embouchure de la rivière d'Hochelaga dont pas un homme ne connaissait l'étendue, et qu'elle menait à travers le royaume de Saguenay. Cette nouvelle fit plaisir à Cartier. Continuant hardiment sa route, il remonta la rivière que nous connaissons tous aujourd'hui sous le nom de St. Laurent. Il se sentait plus que jamais assuré d'avoir trouvé un passage qui conduirait à Cathay. On voyait des Sauvages glisser en canots le long des rives et au large. Ils contemplaient avec ébahissement les vaisseaux français qu'ils prenaient pour de très-grands canots pourvus d'ailes.

9. Le 1er septembre, on atteignit l'embouchure de la rivière Saguenay. Là, Taiguragny et Domagaya, qui étaient à bord du navire de Cartier, eurent une conversation avec des Sauvages qui s'étaient approchés.

Jacques Cartier débarquant à l'Ile d'Orléans.

Le 6 septembre, on jeta l'ancre dans le chenal qui sépare l'île d'Orléans de la rive nord du St. Laurent. Le jour suivant, après que les Sauvages eurent apporté des présents de maïs, de melons et de poissons, il arriva des canots remplis de monde. C'était le chef du pays, Donnacona qui venait faire visite à Cartier.

10. Donnacona fit un long discours dont l'objet, au dire de Taiguragny et de Domagaya était de souhaiter

la bienvenue à Cartier, et de le remercier du bon accueil fait en France à ses deux captifs.

On fit de petits présents aux Sauvages de la suite de Donnacona. Au chef lui-même et à ceux qui montaient son canot, on donna du pain et du vin. Ainsi la première entrevue des Français et des principaux personnages du pays fut des plus amicales assurément.

11. Cartier jugea qu'il lui fallait, lui et ses compagnons, passer l'hiver non loin du lieu où il avait rencontré Donnacona. Il amena donc ses navires à l'extrémité supérieure de l'Ile d'Orléans à laquelle il donna le nom d'*île de Bacchus*, à cause du raisin sauvage qu'on y voyait croître. Puis, il se rapprocha du Cap Diamant et trouva un bon endroit à l'intérieur de l'embouchure d'une petite rivière qui se jetait dans le St. Laurent. La rivière maintenant appelée *St. Charles*, reçut de Cartier le nom de *Ste. Croix*. Les deux plus gros bâtiments furent mouillés en lieu sûr, et les équipages se mirent à l'œuvre pour les garantir de toute attaque, dans le cas où les naturels deviendraient hostiles. Nous verrons que Cartier avait raison de prendre ses précautions.

Le plus petit navire, l'Emérillon, fut tenu au large, parce qu'on avait l'intention de s'en servir, pour remonter plus haut le fleuve St. Laurent.

12. La principale bourgade des Sauvages était située près de la rivière Ste. Croix. On l'appelait Stadacona.

Le 19 Septembre, les naturels de Stadacona, Donnacona en tête, descendirent sur la rive, près du bâtiment de Cartier. Le chef prononça de nouveau une longue harangue, et fit au capitaine français présent de trois jeunes Sauvages. De son côté, Cartier lui donna deux épées et quelques vases d'airain. Les Indiens se mirent à danser une ronde, et à chanter à leur façon, puis on tira 12 coups de canon.

Nous pouvons croire sans peine ce qu'on nous rapporte de l'effet produit par cette décharge sur l'esprit de Donnacona et de ses guerriers. Ils s'imaginèrent que la voûte même du ciel allait tomber sur eux, et ils se mirent à manifester leurs sentiments par des hurlements et de grands cris.

13. Deux jours après, Cartier choisit environ 50 de ses compagnons pour aller avec lui dans l'Emérillon. Il voulait visiter une autre bourgade indienne nommée Hochelaga. On lui dit qu'il y avait du danger à remonter si haut la rivière, et que ceux qui le feraient

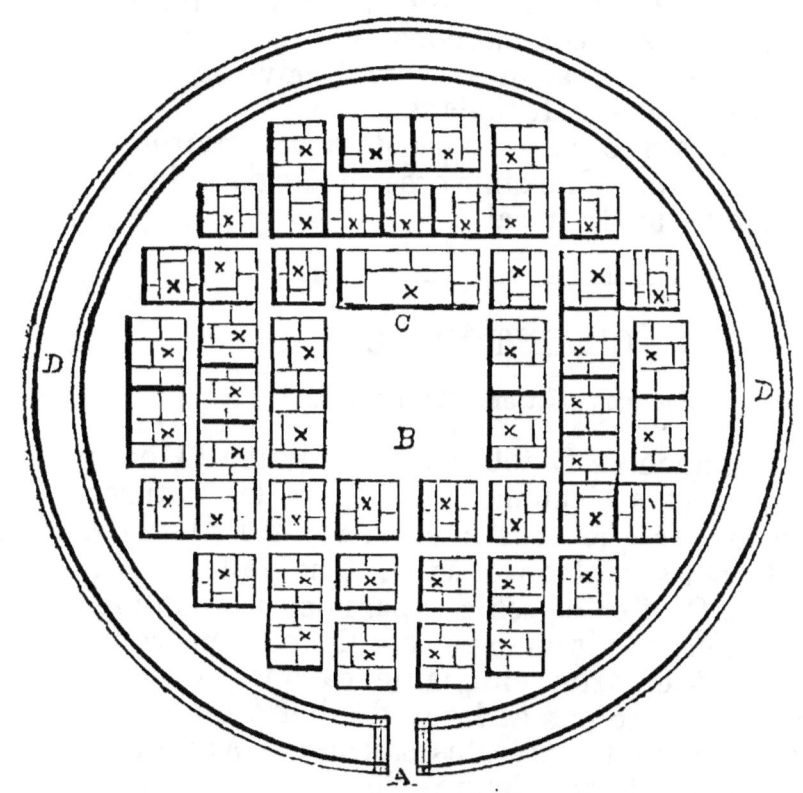

Plan de la bourgade indienne à Hochelaga.

trouveraient la mort. Au fait, Donnacona essaya d'empêcher Cartier de partir, mais le pieux capitaine français, loin de céder à ses conseils, dit que "Dieu garderait tous véritables croyants de tout danger."

Cependant, Taiguragny et Domagaya firent semblant d'avoir peur, et dirent qu'ils préféraient rester avec Donnacona plutôt que d'aller avec Cartier à Hochelaga. Ces deux jeunes hommes étaient loin d'être sincèrement dévoués aux Français.

14. Le 19 Septembre, Cartier se mit en route pour Hochelaga. Comme l'Emérillon suivi de deux barques remontait la rivière, on vit un grand nombre de Sauvages sur les deux rives. Ces Sauvages n'avaient pas l'air hostile.

Parvenu à cette partie du fleuve qu'on nomme maintenant le *Lac St. Pierre*, l'Emérillon s'ensabla plusieurs fois. Cartier et ses compagnons finirent donc leur voyage dans les deux barques. On mit environ quinze jours pour se rendre à Hochelaga.

15. On trouva que cette bourgade avait environ un millier d'habitants. Elle était près du site où se trouve la moderne cité de Montréal.

CHAPITRE III.

Jacques Cartier à Hochelaga.

16. Le Dimanche, 2 Octobre, Cartier arriva à Hochelaga. Il fut très amicalement reçu par les naturels qui sortirent presque tous à sa rencontre avec des présents de poisson et de maïs. Vêtus de leurs plus beaux habits, Cartier et ses compagnons mirent pied à terre et furent conduits dans le village. On trouva qu'il contenait environ cinquante cabanes, chacune longue de cinquante pas et large de douze ou quinze pieds. Elles étaient couvertes d'écorce. Autour du village, il y avait une haute clôture ou palissade formée de trois rangées de poteaux. La palissade était solidement entrelacée de racines et de branches d'arbres. Il n'y avait qu'une ouverture servant de porte pour entrer dans le village. L'intérieur de chaque cabane était divisé en plusieurs pièces dont chacune était occupée par une famille. Il y avait des plates-formes ou galeries en différents endroits à l'extérieur de la palissade. Près de ces galeries étaient

des tas de pierres destinées à défendre la place contre les attaques du dehors.

Suivant sa coutume, Cartier fit des présents aux Indiens. Leur chef, qui était perclus, fut apporté et assis près du capitaine français. Il n'avait pour indiquer son rang, qu'une bande coloriée de peau de porc-épic autour des tempes. Il l'ôta et la mit sur la tête de Cartier, comme marque de déférence.

Lorsque Cartier se leva pour partir, les bons Sauvages l'entourèrent en foule et s'efforcèrent de le faire rester. Mais il était inquiet sur le sort de l'Emérillon, qu'il avait laissé plus bas dans la rivière, et au sujet de ses gens dont il s'était séparé à Stadacona. Ainsi, il avait décidé d'abréger sa visite.

17. Avant de quitter Hochelaga, Cartier gravit un lieu élevé sur la colline, tout près de la bourgade. De ce lieu, on avait une vue magnifique des forêts, et des eaux du fleuve. Il en fut tellement enchanté qu'il choisit pour cette colline le nom de "Mont-Royal," nom qui depuis s'est changé en *Montréal*.

Il tenta aussi, avec l'aide des Indiens, de remonter les rapides au-dessus d'Hochelaga, mais il ne le put.

Ayant découvert, au moyen de signes, que la rivière prenait sa source de bien loin, dans l'intérieur des terres, et qu'il y avait de grands lacs, Cartier et ses compagnons prirent congé des Sauvages.

18. L'Emérillon fut retrouvé sain sauf, à l'endroit, où on l'avait laissé au lac St. Pierre. Après avoir planté une croix de bois sur l'une des îles du lac, et reconnu les bouches de la rivière *St. Maurice*, Cartier, avec l'Emérillon et ses barques, arriva à la hauteur de Stadacona, le 11 Octobre.

CHAPITRE IV.

Hiver terrible à Stadacona.—Capture de Donnacona.—
Retour en France.

19. Pendant l'absence de Cartier, lors de son excursion à Hochelaga, ses gens restés à Stadacona avaient fait une sorte de forteresse de la station qu'ils s'étaient choisie à l'embouchure de la rivière Ste. Croix. Une haute clôture avait été élevée devant les vaisseaux, de manière qu'avec l'aide des canons, ceux qui étaient à bord pouvaient empêcher toute approche quand ils le voulaient.

Quoique les naturels ne montrassent pas une hostilité ouverte, il s'éleva dès le commencement de l'hiver suivant, de légères querelles qui auraient pu devenir sérieuses, si les Français n'avaient pas pris la peine de se mettre à l'abri d'une attaque.

20. Les gens de Cartier à Ste. Croix avaient des vivres en abondance, tels que biscuit, viande salée et autres provisions dont on a coutume de se pourvoir à bord d'un navire. Il est bien probable qu'ils avaient pu en outre obtenir des naturels du poisson séché, des anguilles, du maïs et des fèves. Mais pour un climat comme celui du Canada, ils n'avaient pas, à beaucoup près apporté de vêtements suffisamment chauds. Il leur avait fallu travailler fort pour entretenir leur approvisionnement de combustible.

Aussi, la fatigue, le froid, le manque de vêtements convenables, de viande et de légumes frais engendrèrent une maladie terrible nommée *scorbut*. Les personnes qui ont cette maladie souffrent beaucoup. Leurs jambes s'enflent et deviennent noires ou couvertes de petites taches de sang, ainsi que leurs épaules, leur cou et leurs bras. Les gencives se gâtent et tombent de la bouche avec les dents. Bref, les malades perdent leurs forces au point de ne pouvoir remuer ; puis vient la mort. Tel était l'état des gens de Cartier dans l'hiver de 1535. On dit que sur cent dix hommes dont se composaient les équipages des trois navires, tous, à l'exception de dix devinrent invalides. Il en mourut vingt-cinq. On eut de la peine, faute de force, à enlever les cadavres et à les cacher sous la neige. Pas un n'espérait revoir jamais la France. Il était de toute nécessité d'empêcher que les naturels connussent leur triste état, de peur qu'ils ne fussent tentés de faire irruption et de les massacrer tous. Pour cette raison, Cartier refusa de permettre à aucun Sauvage de pénétrer en deçà de la palissade. Naturellement, cette mesure vexa les Sauvages, et peut-être se seraient-ils frayé une route jusque dans les navires, s'ils avaient su l'état réel des choses.

Bientôt Cartier lui-même fut atteint au point d'être à peine capable de se mouvoir. Néanmoins, bien qu'il dût alors avoir perdu tout courage, il essayait de donner du cœur à ses gens. Il leur disait d'invoquer l'assistance divine. Il fit aussi vœu d'entreprendre un pélerinage, dans le cas où Dieu daignerait l'épargner et lui permettre de revoir la France.

Justement à cette époque, Cartier aperçut par hasard Domagaya qui s'acheminait vers les navires avec une bande de naturels. Domagaya avait été bien malade du scorbut; mais il avait l'air d'être rétabli. Cartier lui demanda donc, comment cela s'était fait, et il apprit, en réponse, qu'avec une infusion de feuilles et d'écorce d'épinette, on pouvait faire un remède pour guérir du scorbut.

C'est ainsi que, par accident, le capitaine français découvrit un moyen de guérir ses gens. Dans l'espace de huit jours la plupart des malades se rétablirent. et, à l'approche du printemps, tous, au nombre de 84 hommes, étaient en état de reprendre leur service.

21. Cartier se mit alors à faire les préparatifs nécessaires pour s'en retourner en France. On dégagea deux des navires de la glace qui les entourait et on les fit avancer dans le St. Laurent. Le troisième avait peut-être été détruit pour servir de combustible. Dans tous les cas, on n'en avait pas besoin ; car il y avait

maintenant moins d'hommes à porter, et une quantité bien moins considérable de provisions et d'autres choses.

22. Mais avant de mettre à la voile, Cartier avait formé un dessein pour lequel, ainsi que dans une occasion précédente, il ne saurait échapper au blâme ; c'était de saisir et d'emmener en France le chef Donnacona, et avec lui plusieurs de ses guerriers.

Donnacona était devenu méfiant. Tout le monde savait l'histoire des deux jeunes Sauvages dont Cartier s'était emparé à Gaspé, l'année précédente. Donnacona craignait d'être lui-même victime d'un semblable outrage ; aussi, se tenait-il, autant que possible, hors de la portée de Cartier. Il arriva néanmoins qu'il ne put éviter le malheur qu'il redoutait.

Le 3 mai 1536, Cartier fit élever au bord de la rivière Ste. Croix une croix de bois, haute de 35 pieds avec cette inscription : François Ier, par la grâce de Dieu, roi des Français, règne."

Donnacona, accompagné d'un grand nombre de ses sujets, vint faire visite au capitaine français. Cartier avait aposté des hommes, avec ordre de le saisir, ainsi que plusieurs de ses guerriers. Les malheureux furent appréhendés et mis à bord. Le reste des Sauvages prit la fuite. Quelques historiens disent que Taiguragny et Domagaya se trouvaient au nombre de ceux dont on s'empara. On a aussi prétendu, pour justifier l'action de Cartier, que Donnacona lui-même était sur le point d'attaquer les Français avec un grand nombre de guerriers qu'il avait rassemblés à Stadacona.

On ne sait pas positivement si toutes ces assertions sont fondées, mais ce que l'on sait bien, dans tous les cas, c'est que Cartier voulait capturer Donnacona et d'autres Indigènes afin de les présenter à la cour de France. Il pensait qu'ils serviraient à inspirer au roi François plus de souci à l'égard des nouveaux pays. Il y eut environ dix personnes saisies de cette manière.

Les gens de Donnacona furent profondément consternés de la perte de leurs chefs. Toute la nuit, on n'entendit le long de la rive du fleuve que leurs cris plaintifs. Le jour suivant, sur l'invitation de Cartier, Donnacona se montra sur le pont du navire et dit à son peuple qu'il allait seulement visiter le roi de France, mais qu'il serait de retour l'année prochaine.

Bientôt après, le 6 Mai, la Grande Hermine et l'autre navire mirent à la voile. Les pauvres Sauvages de Stadacona perdirent de vue leur chef et leurs compatriotes, et ne les revirent plus jamais. Tout en ne pouvant nous empêcher de blâmer Jacques Cartier d'une action qui nous semble si cruelle, il n'est que juste de dire que beaucoup d'autres capitaines de marine ont fait la même chose.

23. La traversée, pour retourner en France, dura plus de deux mois. Cartier débarqua à St. Malo le 16 juillet, et de là se rendit à Paris pour faire son rapport au roi.

François le reçut avec faveur et vit les chefs. Il donna ordre d'en prendre soin et de les instruire dans la religion. Peut-être aurait-il envoyé Cartier faire un autre voyage l'année suivante ; mais il était alors en guerre avec l'empereur d'Allemagne et roi d'Espagne, ce qui absorbait toute son attention. On oublia non-seulement les captifs Indiens, mais Cartier lui-même. Les Indiens moururent. Cartier resta chez lui en attendant des temps meilleurs.

CHAPITRE V.

Jacques Cartier et Roberval.

24. Après quatre ans de délai, l'état des affaires en France permit au roi François de songer de nouveau au Canada. Cette fois, il fut proposé d'y envoyer des gens pour s'y établir, et de fonder pour la France un autre empire dans les régions de l'ouest.

Un seigneur français, nommé Roberval, fut choisi par le roi pour être le chef de la nouvelle colonie. Il avait le titre de "Lieutenant-Général du roi, avec autorité sur les pays de Canada, d'Hochelaga, de Saguenay et autres contrées voisines."

Jacques Cartier fut nommé au commandement de la flotte, avec le titre de "Capitaine Général."

25. Le 23 mai 1541, Cartier fit voile de St. Malo avec cinq navires. Roberval n'était pas prêt à partir, mais devait le suivre avec d'autres vaisseaux et d'autres provisions.

26. Cartier eut une longue traversée de 3 mois. Le 23 Août, à peine était-il arrivé à l'embouchure de la rivière Ste. Croix que les Sauvages de Stadacona vinrent en foule à ses navires, demandant Donnacona et les autres captifs. Cartier leur dit que leur chef était mort. Quant aux autres, il laissa croire qu'ils prospéraient en France, et qu'ils ne désiraient pas revenir au Canada. Il ne tarda pas à s'apercevoir que les dispositions des Indiens envers lui-même et ses compagnons n'étaient pas cordialement amicales. Aussi, au lieu d'amarrer une seconde fois ses vaisseaux à la rivière Ste. Croix, il remonta le St. Laurent jusqu'au Cap-Rouge, afin d'être plus éloigné de la peuplade de Stadacona. Là, à l'embouchure d'un petit cours d'eau qui tombe dans le St. Laurent, trois des vaisseaux furent mis en lieu sûr. Les deux autres furent renvoyés en France. On se mit à bâtir un fort sur la côte, on fit toutes les constructions extérieures, et l'on commença le défrichement du sol.

27. Pendant qu'on était occupé à ces travaux, Cartier alla faire une visite à Hochelaga. Les Indiens de cette bourgade lui firent un aussi bon accueil que la première fois. Ils s'efforcèrent de l'aider à remonter les rapides au-dessus de leur village et de lui procurer une connaissance plus grande du pays de l'ouest.

28. A son retour au Cap-Rouge, il trouva ses gens en mauvais termes avec les Indiens du voisinage. Il s'était élevé des querelles entre eux. Les Français bravés par les Sauvages osaient à peine sortir sans armes de leur établissement. Roberval n'était pas

arrivé, ce qui mécontentait Cartier, vu qu'on n'avait pas assez de poudre ni d'armes.

29. Il y eut un esprit d'animosité entre les Français et les Sauvages durant l'hiver suivant. Les gens do Cartier n'étaient pas contents. Ils souffraient du froid et du scorbut. Bien avant le printemps, tous voulaient quitter le pays le plus tôt possible. Au reste, on ne sait que peu de chose des événements de cet hiver-là.

CARTIER

30. ̄ssitôt que la glace eut disparu, et que la rivière fut libre, au printemps de 1542, Cartier et tout son monde s'embarquèrent pour retourner en France. A Terreneuve Cartier rencontra Roberval avec cinq navires, dont trois grands et deux petits, chargés de 200 émigrés, tant hommes que femmes. Cartier dit à son supérieur qu'il n'avait pu rester plus longtemps au Cap-Rouge, à cause des désagréments que lui causaient sans cesse les Indiens. Roberval lui enjoignit de retourner au St. Laurent, mais Cartier, loin de tenir compte de cette injonction, leva l'ancre pendant la

nuit et continua sa route pour St. Malo où il arriva
sain et sauf. Il rendit au roi compte de sa conduite,
du mieux qu'il put.

31. Roberval aborda au Cap-Rouge en juillet, avec
ses cinq vaisseaux. Il y passa misérablement deux
hivers. Un grand nombre des gens qu'il avait amenés
étaient des repris de justice qu'on avait fait sortir de
prisons publiques pour aller s'établir comme colons
sur les rives du St. Laurent. Pour maintenir l'ordre
parmi de pareilles gens, Roberval avait recours à des
punitions sévères, telles que le *fouet* et l'*emprisonnement*;
il allait même jusqu'à les *faire pendre*.

Avec le temps, on se vit à court de provisions et
d'autres choses nécessaires. Roberval envoya en France
demander des secours au roi. Mais François ne put
ou ne voulut rien envoyer.

En somme, l'entreprise de Roberval fut une affaire
tout-à-fait manquée.

32. Au printemps de 1544, Roberval attendait avec
anxiété l'arrivée des secours de France qu'il avait
demandés. Il avait fait quelques pauvres essais de
culture. Il avait aussi visité Hochelaga et le pays de
Saguenay; mais ces voyages furent peu profitables ou
inutiles, et coûtèrent la vie à beaucoup de monde.

Finalement, le roi de France envoya des vaisseaux
pour ramener Roberval et tous ceux de ses compagnons que la mort avait épargnés. Quelques écrivains
disent que Cartier fut employé à sauver ainsi son
ancien chef. Quoiqu'il en soit, nous pouvons être certain que Roberval et ses gens furent bien contents de
retourner dans leur pays natal.

33. On voit, d'après ce qui a été dit, que Jacques
Cartier fit trois, sinon quatre voyages au Canada. Il
était âgé d'environ cinquante ans lorsqu'il fit la dernière traversée en 1544, pour ramener Roberval. On
ne nous dit pas ce qui lui arriva ultérieurement. On
pense toutefois qu'il vécut quelques années, au sein
du repos, à St. Malo, sa ville natale. Les ruines de sa
résidence s'y voyaient encore en 1865.

C'était un brave et habile marin, un sage commandant et un homme pieux. Ce ne fut pas sa faute si,
de son temps, on ne fit que peu de chose pour rendre
ses services utiles à la France et au monde. Son nom
sera toujours fameux dans l'histoire, comme celui du
grand navigateur qui le premier fit connaitre le
Canada.

34. L'enterprise de Roberval est la première qui
ait jamais été faite pour fonder une colonie au Canada.
Cinq ans après son insuccès, c'est-à-dire en 1549, Roberval périt en mer, ainsi que son frère, en essayant de
faire parvenir jusqu'au St. Laurent une autre flotte et
d'autres colons.

CHAPITRE VI.

Le Canada oublié.—Le trafic des pelleteries.—Le marquis de la Roche.—L'île-au-Sable.

35. A partir du temps de Jacques Cartier et de
Roberval, l'histoire du Canada franchit une période de
60 ans. Le roi François et quatre rois de France après
lui moururent dans cet intervalle. Le soin des affaires
intérieures les absorba tellement qu'ils oublièrent le
Canada.* Au fait, le St. Laurent et les vastes forêts

* *Note pour l'Instituteur.* Nous nous servons ici du mot Canada
pour indiquer seulement une partie de la région que traverse le
cours du St. Laurent depuis les grands lacs, à l'ouest, jusqu'à Gaspé.
Mais ce n'était pas le nom généralement usité en France, lorsqu'on
parlait des territoires du roi en Amérique. On disait "la Nouvelle-
France." Ce nom fut d'abord donné par *Verrazzani,* du temps de
François Ier, vers 1523. Verrazzani avait été envoyé explorer la
côte américaine. C'est à cette côte depuis les rivages de la Nouvelle-
Angleterre jusqu'au Labrador, et aux régions inconnues situées
au-delà qu'il donna ce titre de Nouvelle-France. Ainsi, le Canada,
était une partie de cette Nouvelle-France, et ne commença à être
connu sous le nom qu'il porte aujourd'hui que vers la dernière moitié
du règne de François. Il va sans dire que la Nouvelle-France
n'avait pas de bornes connues. Les Français prétendaient qu'elle
comprenait une bonne partie de ce que les Anglais appelèrent
Nouvelle-Angleterre. Elle comprenait encore la Nouvelle-Ecosse

de la Nouvelle-France furent abandonnés aux naturels et aux bêtes sauvages.

Bien que le Canada fût ainsi oublié des rois, les commerçants français ne cessèrent pas pour cela de visiter le St. Laurent. Ils allaient y acheter aux chasseurs indiens les peaux des animaux sauvages. Les rendez-vous pour ce trafic avaient lieu à Tadoussac et autres places sur le fleuve. Dans ces temps là, les fourrures se vendaient fort cher en Europe. Les commerçants français donnaient aux Indiens, en échange des peaux des animaux sauvages, des hachettes, des couteaux, du drap et divers vases de fer et de cuivre. On pense aussi que ce fut de cette manière que les Indiens commencèrent à avoir connaissance de ce que les Français appelaient " eau-de-vie " et que les pauvres Sauvages apprirent à aimer passionnément.

Ainsi, il arriva qu'il ne se fit rien de plus en faveur de la colonisation du Canada pendant un long espace de temps après la dernière entreprise de Roberval.

36. En l'année 1589, le trône fut occupé par Henri IV, connu dans l'histoire de France sous le nom de Henri-le-Grand. Sous son règne qui dura jusqu'en 1610, les esprits se tournèrent de nouveau vers le Canada ou Nouvelle-France.

37. Le marquis de la Roche avait été créé vice-roi de la Nouvelle-France par Henri III. Sa nomination n'était guère que l'équivalent d'un vain titre. Cependant il ne laissa pas que de faire quelques efforts pour en tirer parti. Cet incident ne vaudrait guère la peine d'être mentionné ici, sans une curieuse histoire qu'on rapporte d'un certain nombre d'hommes qu'il laissa dans une île déserte.

(ou Acadie) ainsi que ces vastes régions à l'intérieur de l'Amérique du Nord qui s'étendent au sud des grands lacs et forment aujourd'hui les parties des Etats-Unis les plus avancées, dans les terres. Bref, le mot Nouvelle-France, bien qu'employé surtout pour désigner le Canada, s'appliquait à une grande partie de l'Amérique du Nord, qu'on prétendait appartenir au roi de France et dont on parlait avec orgueil comme du territoire destiné à former un grand empire français dans l'ouest.

De la Roche avait permission d'emmener avec lui environ cinquante condamnés tirés des prisons de France. Il fit donc voile vers l'ouest, et aborda par hasard à *L'île-au-Sable*, misérable place, couverte de sable et de pierres et complètement dépourvue d'arbres. Néanmoins il doit y avoir eu quelque herbage, puisqu'on y trouva des chèvres et du bétail courant çà et là, à l'état sauvage. Bien des années avant de la Roche on avait lâché dans l'île des animaux des espèces que nous venons de nommer. De la Roche voulut voir quelque chose de la Nouvelle-France avant de faire choix d'un lieu de colonisation. Peut-être aussi trouvait-on les condamnés trop incommodes pour être laissés à bord tandis qu'on serait à la recherche d'un endroit convenable. Toujours est-il que les cinquante malheureux furent tous mis à terre et abandonnés dans L'île-au-Sable lors d'une reconnaissance que fit de la Roche des côtes voisines. Son intention, sans aucun doute, était de revenir les prendre ; mais les tempêtes l'en empêchèrent et poussèrent son vaisseau à travers l'océan sur les côtes de France. Là de la Roche fut saisi par un autre seigneur, son ennemi, et retenu en prison plusieurs années. Enfin, il fut relâché et fit connaître l'affaire des condamnés de L'île-au-Sable au roi Henri IV. Ce prince donna ordre à un officier de marine du nom de Chédotel d'aller s'enquérir de ce qu'ils étaient devenus.

Chédotel visita l'île et en ramena douze de ces pauvres misérables, les seuls qui y fussent restés vivants. Ils avaient un aspect hideux, et ressemblaient à peine à des êtres humains. Ils portaient une barbe très longue, et leurs vêtements consistaient en peaux de loups-marins. Pour abri, ils s'étaient creusé des antres dans le sable, et pour nourriture, ils n'avaient eu que du poisson et la chair des animaux qu'ils avaient pu attraper. Quelquefois ils avaient eu la bonne fortune de trouver sur la côte des morceaux de bois et de métal provenant de navires qui avaient fait naufrage. Les plus robustes seuls avaient pu survivre à une position si horrible. Il est très probable qu'ils s'étaient querellés et battus, et que les plus faibles avaient succombé sous les coups des autres.

Chédotel ramena donc en France ces douze hommes qu'il présenta au roi avec leurs longues barbes et le même accoutrement qu'ils portaient dans L'île-au-Sable. Henri IV écouta leur histoire et voulut bien leur faire remise de leurs anciens crimes. Chacun d'eux reçut un présent de 50 écus. Sans doute, ils devinrent plus d'une fois après cela d'utiles citoyens ; mais à L'île-au-Sable, ils avaient souhaité revenir à leur ancien état de condamnés dans les prisons de France.

38. Après de la Roche, d'autres obtinrent d'Henri IV des *commissions* pour faire la traite à la Nouvelle-France et pour y fonder des colonies. De ce nombre furent le *capitaine Chauvin, M. de Monts,* et notamment *Samuel de Champlain.*

Nous n'avons que peu de chose à dire de Chauvin qui ne fit qu'un petit trafic de pelleteries avec les Indiens, principalement à la station connue sous le nom de Tadoussac, à l'embouchure de la rivière Saguenay. De Monts et d'autres fondèrent Port-Royal (*Annapolis*) en Acadie, aujourd'hui Nouvelle-Ecosse. Subséquemment, le même De Monts, Champlain et un autre nommé Pontgravé, tournèrent leur attention du côté du St. Laurent, de manière à amener la colonisation du Canada.

CHAPITRE VII.

Les Indiens.—Le commerce des pelleteries.

39. Nous trouvons dans l'histoire du Canada qu'il est souvent fait mention des Indiens et du commerce de peaux et de fourrures qui se faisait avec eux. Nous pensons qu'il est bon de leur consacrer un chapitre avant de passer outre.

Pourquoi les naturels de l'Amérique du Nord s'appelaient-ils Indiens ?

Afin de répondre à cette question, le jeune lecteur
doit se rappeler que, lorsque Colomb et les autres
navigateur de son temps abordèrent pour la première
fois dans les îles et sur le continent américain, ils les
prirent pour des parties de l'Asie, telle que le Japon,
la Chine et les Indes Orientales.   On remarqua aussi
que les naturels avaient le teint brun, et que, sous
quelques autres rapports, ils ressemblaient aux Asia-

Sauvage.

tiques.   C'est ainsi qu'on en vint à leur donner à tous
le nom d'*Indiens*.   Même après qu'on se fut assuré que
l'Amérique ne faisait point partie de l'Asie, ce nom
donné par erreur aux Sauvages leur resta.

40.   Les Indiens dont nous avons à parler ici étaient
ceux de la Nouvelle-France.   Ils comprenaient un
nombre considérable de tribus dont il serait fastidieux
de citer tous les noms.   Les principales étaient celles
des *Algonquins*, des *Hurons*, des *Montagnais* et des
Outaouais.   Il y avait aussi les *Micmacs* de la Nouvelle-

Ecosse, les *Abénaquis* de la région maintenant appelée Maine, et cinq tribus très-farouches qu'on nommait les *Iroquois*.

Les Indiens que Jacques Cartier vit à l'embouchure de la rivière Miramichi et de la Baie-des-Chaleurs étaient des Micmacs. Mais on ne sait pas d'une manière certaine à quelles tribus appartenaient ceux qu'on trouva d'abord à Stadacona, au Cap-Rouge et à Hochelaga. Quelques auteurs pensent que c'étaient des Iroquois qui furent subséquemment chassés par les Algonquins, les Hurons et les Montagnais.

41. Sous 1 double rapport de l'apparance extérieure et des habitudes, ces Sauvages se ressemblaient beaucoup. Ils avaient la peau d'un brun rougeâtre, la chevelure noire et rude, les joues saillantes, les yeux perçants et profondément enfoncés dans leurs orbitres. Ils étaient fort agiles et actifs. Les chefs et guerriers ne portaient pas de barbe, et s'arrachaient les poils du visage. C'était aussi chose commune parmi eux de ne garder qu'une touffe de cheveux au sommet de la tête. Ils se barbouillaient le corps de graisse et le bariolaient de peinture ou de couleurs. En hiver, ils avaient pour vêtements des peaux d'animaux sauvages. Ils vivaient principalement de chasse et de pêche. Quelques tribus cependant cultivaient le sol, et récoltaient des courges, des melons et du maïs ou blé d'Inde. Leurs habitations ou *wigwams* présentaient la forme de tentes, faites de perches et couvertes de feuilles d'écorce. La chasse, la pêche, la guerre ; telles étaient les occupations des hommes. Ils considéraient tout travail manuel comme au-dessous de leur dignité ; ils laissaient cela aux femmes, ainsi que le soin des enfants.

Quant au caractère, les Sauvages étaient farouches, cruels et rusés. Ils oubliaient rarement un affront. Ils scalpaient les ennemis qu'ils avaient tués, et torturaient ceux qu'ils avaient pris vivants. Ils enduraient la fatigue, la faim, le froid, les douleurs corporelles sans sourciller, ni se plaindre. Même au milieu des tourments que leurs ennemis leur faisaient souffrir, ils dédaignaient de laisser échapper d'autres cris que des cris de défi. Au fait, ils se glorifiaient de montrer qu'ils étaient inaccessibles à la souffrance.

À la chasse et à la guerre, ils faisaient usage de diverses armes : arcs, flèches, couteaux, massues et *tomahawks*. Quand ils vinrent à connaître les Européens, ils apprirent à se servir des armes à feu. Comme

Habitation sauvage.

moyen de locomotion sur les lacs et les rivières, ils avaient leurs canots d'écorce. Ils connaissaient l'usage du tabac, même avant l'arrivée des Européens ; en effet, Cartier raconte que l'habitude de fumer était très-commune parmi eux. En certaines occasions, lors des assemblées de leurs chefs, par exemple, et quand ceux qui avaient été ennemis se réunissaient pour faire la paix, ils se servaient d'une pipe enjolivée d'ornements, qu'ils appelaient le *calumet*, qu'ils se passaient à la ronde et dont chacun à son tour tirait quelques bouffées.

En dehors des occupations de la guerre et de la chasse, ils passaient la majeure partie du temps dans l'oisiveté. Les Européens leur apprirent l'usage des boissons fortes, et l'ivrognerie devint commune dans toutes les tribus. Ils étaient aussi adonnés à la gourmandise.

42. Les Indiens croyaient aux rêves, aux présages et aux mauvais esprits. Comme ils étaient païens, ils ne connaissaient pas le vrai Dieu des chrétiens. Néanmoins, ils avaient une sorte de notion d'un Etre Suprême dont ils parlaient comme du "Grand Esprit."

Nous avons parlé ici des Sauvages ou Indiens, parce que personne ne peut parcourir l'histoire du Canada sans en avoir quelque connaissance. Nous pourrions nous étendre plus longuement sur ce point, mais il serait ennuyeux de le faire maintenant.

43. Il nous faut parler ensuite de la traite des pelleteries, c'est-à-dire, du trafic des peaux des animaux sauvages dont il a déjà été fait mention.

Postérieurement au temps de Jacques Cartier et de Roberval, des commerçants européens visitèrent le St. Laurent pour se procurer des peaux qu'ils tiraient des Indiens. Dans les eaux comme dans les forêts, les chasseurs Indiens tuaient diverses bêtes sauvages pour en avoir la chair et la peau. Les plus remarquables de ces bêtes étaient le phoque, le marsouin, le castor, l'ours, la loutre, le loup, le renard, l'orignal, le lynx, la martre, le vison, la belette et le rat-musqué.

Les commerçants apportaient en échange des couteaux, des hachettes, des vases de cuisine, des pièces d'étoffe, outre beaucoup d'autres menus articles. Les peaux et fourrures dont l'orignal et le castor offraient les spécimens les plus précieux, s'obtenaient ainsi à bon marché, tandis qu'en Europe, les commerçants les vendaient fort cher.

Dans la suite, lorsque les Français eurent fondé des établissements sur les rives du St. Laurent, la traite des pelleteries prit une grande importance, et se fit par des agents de compagnies formées en France. Plus tard, ce trafic s'étendit jusque dans les régions les plus éloignées de l'Amérique du Nord.

CHAPITRE VIII.

Champlain.—Fondation de Québec

44. Il faut maintenant que nous fassions connaître à nos lecteurs ce noble personnage dont le nom a été déjà mentionné. Tout homme, ami du Canada, pense avec orgueil et plaisir à Samuel de Champlain.

45. Comme Jacques Cartier, Champlain fut un grand navigateur durant la première moitié de sa vie. Il fit plusieurs voyages aux Indes occidentales. Plus tard, et en compagnie de M. Pontgravé, qui était à la fois marin et négociant, il fit un voyage à Tadoussac, à l'embouchure du Saguenay. De là, tous deux remontèrent le St. Laurent en chaloupe jusqu'à l'endroit où Cartier avait été en 1535. Champlain reconnut les différentes places situées sur les rives du fleuve, et ces places devinrent depuis les sites de Québec, Trois-Rivières, Montréal et Lachine.

Ensuite, il prit part à la fondation de *Port-Royal* ou (*Annapolis*) et côtoya plusieurs fois la Nouvelle-Angleterre, l'Acadie, le Cap-Breton et les régions qui entourent le golfe St. Laurent. Ces voyages avaient lieu avant l'année 1608, époque à laquelle il fut, avec son vieil ami Pontgravé, qui commandait un autre navire, chargé par de Monts d'aller fonder une colonie au Canada.

46. Pendant que Pontgravé s'arrêtait à Tadoussac pour faire la traite avec les Sauvages, Champlain continua de remonter le fleuve jusqu'à l'extrémité

septentrionale de l'Ile d'Orléans.   En promenant ses
regards autour de lui, il trouva la scène à la fois
grandiose et belle.   Il se rendit au pied du superbe
promontoire qui avoisine l'embouchure de la petite
rivière Ste. Croix, où Cartier avait hiverné en 1535,
et y débarqua.

Les quelques Sauvages qu'on put voir étaient différents de ceux du temps de Cartier.   Il ne restait plus de
trace de la bourgade indienne Stadacona, que Cartier
avait trouvée près de la rivière Ste. Croix soixante-
treize ans auparavant.

Première " Habitation " de Champlain à Québec, 1608.

Avec un œil de prophète, Champlain prévit l'avan-
tage qu'offrirait le choix d'une si bonne place, comme
station principale de la puissance des Français à la
Nouvelle-France.

47. Il fit donc débarquer tous ses gens avec leurs
effets.   Les uns furent mis à l'œuvre pour construire
une habitation et un magasin.   Les autres défrichèrent
un terrain où Champlain sema de la graine provenant

de France, afin de faire l'essai du sol du Canada. *
On prit aussi des mesures pour mettre la station à
l'abri d'une attaque, et on y plaça des canons. Le
débarquement eut lieu le 3 Juillet 1608, et c'est de ce
jour que date la fondation de Québec.

48. Champlain était venu fonder une colonie et
rester au milieu d'elle pour l'administrer. Il passait
le temps à pousser les travaux commencés, et à se
préparer pour la froide saison. Il avait déjà appris à
Port-Royal à quels hivers on pouvait s'attendre au
Canada. Pontgravé reprit la route de France en
automne, tandis que 30 hommes restèrent à Québec
avec Champlain. Sur ce nombre il en mourut 22 du
scorbut. Les huit qui restaient survécurent, en attendant le printemps de 1609.

Dans le cours de l'hiver, Champlain apprit à connaître un peu les naturels, et forma quelques plans
dont nous allons parler dans le chapitre suivant.

CHAPITRE IX.

Champlain et les Indiens.—Guerre contre les Iroquois.

49. Champlain s'aperçut que les Montagnais, les Hurons, les Algonquins et d'autres Indiens de la rive nord
du St. Laurent étaient en guerre avec les Iroquois. Il
désirait vivre en bons termes avec tous les Sauvages,
et surtout avec ceux qui devaient être les plus proches
voisins des Français. Mais il ne tarda pas à voir qu'il
lui faudrait prendre part à leurs querelles. Ainsi, il
convint avec les chefs des Montagnais, des Hurons et
des Algonquins de les aider contre les Iroquois. En

* Voir la gravure en tête de ce chapitre. Le site de l'ancien
établissement, qu'on appelait l'*Habitation*, et du premier jardin ou
défrichement où Champlain sema de la graine pour essayer le sol
du Canada est aujourd'hui celui d'un marché et de constructions
situées à la Basse-Ville de Québec.

retour, ces chefs promirent d'assister Champlain dans ses desseins, et d'être de bons amis pour les Français.

On ne sait pas au juste comment Champlain et les Indiens en vinrent à se comprendre aussi bien qu'ils semblent l'avoir fait.

50. En vertu des conventions, Champlain fut sommé par les chefs de marcher contre les Iroquois, ce qu'il fit à plusieurs reprises en 1609, 1610 et 1615. Il nous faudrait plus d'espace que ne le comporte ce petit livre pour décrire toutes les particularités relatives à ces expéditions. Nous nous bornerons donc à présenter les faits les plus intéressants.

En 1609, Champlain et deux Français se rendirent en canots, avec une troupe nombreuse de Montagnais, de Hurons et d'Algonquins du fleuve St. Laurent à la rivière Richelieu, qu'on appelait alors "Rivière des Iroquois." Le cours de cette rivière le conduisit à un beau lac qu'il nomma, d'après son propre nom, "Lac Champlain. Puis on atteignit un autre lac qui s'appela plus tard " *St. Sacrement*," et qui est aujourd'hui " *Le Lac George*." Champlain et les Indiens descendirent à terre sur les bords du Lac George, non loin des établissements des Iroquois. Effectivement, ils virent bientôt une bande de leurs ennemis qui se dirigeaient par hasard du côté du St. Laurent. C'était le 28 juillet 1609.

Champlain posta ses deux compatriotes à quelque distance l'un de l'autre et derrière des troncs d'arbres. Il leur dit de faire feu sur les Iroquois, en même temps qu'ils le lui verraient faire lui-même. Il comptait que, grâce aux armes à feu dont ils étaient munis, lui et ses deux compagnons seuls, mettraient l'ennemi en fuite. Ses alliés Indiens furent rangés sur une ligne. Au moment même où les Iroquois allaient commencer l'attaque, Champlain se montra tout-à-coup en tête. Jamais ils n'avaient vu un spectacle pareil à celui que leur présentait Champlain, l'arquebuse braquée contre eux. Avant qu'ils fussent revenus de leur surprise, le coup partit, tuant un chef et blessant un autre guer-

rier. Au même instant, les deux Français firent feu.
Les Iroquois prirent aussitôt la fuite de tous côtés.
Les Indiens du Canada se mirent à leur poursuite, en
poussant de grands cris. La défaite des Iroquois fut
complète ; un grand nombre furent tués et quelques-
uns faits prisonniers.

C'est ainsi que Champlain aida ses alliés à remporter
une victoire facile.

51. Il faut que nous racontions ce qui arriva après
la bataille, afin de montrer comment les Indiens se
comportaient d'ordinaire à l'égard de leurs ennemis
vaincus.

D'abord, on arracha de la tête de ceux qui avaient
été tués le péricrâne, c'est-à-dire, la peau avec la chevelure. Outre cette coutume, c'était aussi l'usage
chez les Indiens de porter, comme preuves de la
victoire, les chevelures de leurs ennemis suspendues à
la ceinture.

Puis, on alluma un feu d'où l'on tira des tisons
enflammés dont les extrémités brûlantes furent appli-
quées sur différentes parties du corps de l'un des
prisonniers. Le pauvre être garda son impassibilité
et ne poussa pas une plainte. Il se mit même à
entonner son *chant de mort*, sur l'injonction qu'il reçut
de le faire. On lui arracha les ongles des doigts et
des orteils ; on lui enfonça des épieux dans les bras et
on en coupa des morceaux de chair. Ensuite, chose
affreuse à raconter ! quand on lui eut arraché la chevelure, on lui versa de la gomme bouillante sur le crâne.

Champlain regardait, saisi d'horreur ; mais ces
monstres de cruauté ne voulurent pas lui permettre
de les arrêter. Enfin, il mit un terme à cette scène,
en achevant la pauvre victime avec son arquebuse.

C'est ainsi que les Hurons et les Algonquins traitèrent
un de leurs prisonniers. Lorsque Champlain chercha
à le sauver de leurs mains, ils lui dirent que ce n'était
que justice de torturer un captif, puisque eux-mêmes
seraient traités de la même façon s'ils venaient à être
pris par les Iroquois.

Les guerriers emmenèrent les autres prisonniers dans leurs bourgades. Quant à Champlain, il s'en retourna à Québec.

52. En 1610, Champlain marcha de nouveau avec les Indiens du Canada contre les Iroquois. Les événements qui signalèrent cette expédition furent les mêmes que ceux de 1609 : Autre bataille, défaite des Iroquois et cruautés épouvantables exercées sur les captifs.

En 1609 et 1610, Champlain visita plusieurs fois Paris, et dit au roi tout ce qu'il avait fait au Canada.

CHAPITRE X.

Champlain perd un grand ami—Ses voyages à travers l'Atlantique—Son mariage—Madame Champlain au Canada.

53. Henri IV de France, qui affectionnait beaucoup Champlain, écouta son rapport avec plaisir. Cette amitié du roi valut à Champlain la faveur d'autres personnages riches et de grande naissance. Champlain s'en réjouissait parce qu'il désirait obtenir en France toute l'assistance possible en faveur de sa colonie du Canada.

Un de ses désirs les plus vifs, c'était de faire instruire les naturels qui étaient païens dans la religion chrétienne. Mais cela ne pouvait se réaliser, sans qu'on leur envoyât des prêtres pour les convertir. Avec le temps Champlain obtint une partie de ce qu'il souhaitait, grâce à l'intérêt que lui témoignèrent, à la cour, la noblesse et le clergé.

Mais quand il visita Henri IV, comme nous venons de le dire, c'était pour la dernière fois qu'il voyait ce prince. Quelques mois après, le roi passait en carrosse dans les rues de Paris, lorsqu'il fut tué par un *assassin*. Champlain perdit ainsi un ami puissant. Il était revenu au Canada, au printemps de 1610, et, comme nous l'avons raconté, il avait aidé une seconde fois les Hurons et les Algonquins à battre les Iroquois, lorsqu'il apprit la mort de Henri. Cette nouvelle l'engagea à visiter de nouveau la France, dans la crainte que la colonie ne fut négligée, après la perte d'un tel ami.

54. Champlain fit souvent la traversée de l'Atlantique. Dans la saison d'été il s'occupait de ses affaires au Canada, telles que constructions à Québec, marches avec les Indiens contre les Iroquois, voyages dans des régions éloignées, découvertes et désignation de nouvelles places, administration du peuple. Mais l'automne venu, il allait souvent en France pour y passer l'hiver et y faire des amis pour la colonie.

Il lui arriva de rester absent deux ou trois ans à la fois.

55. Pendant son séjour à Paris en 1611, il épousa une dame dont le nom de baptême était Hélène. C'est en souvenir d'elle qu'il donna à une île du St. Laurent, près de Montréal, le nom de Ste. Hélène. Cette dame était très-jeune et d'une grande beauté. Elle ne vint pas tout d'abord au Canada ; mais elle y passa ensuite plusieurs années. Jusque là les Sauvages n'avaient jamais vu une dame d'Europe. La bonne et douce épouse de Champlain les charma à un tel point qu'ils la regardaient comme un ange. Suivant la mode du temps, elle portait un petit miroir suspendu à la ceinture. Quand les Indiens s'approchaient d'elle, ils pouvaient se voir dans le miroir, ce qui leur faisait croire et dire qu'elle portait l'image de chacun dans son cœur. Assurément, elle était extrêmement bonne pour les pauvres Sauvages et leurs enfants. Le pays était alors dans un état trop primitif, et les hivers trop rigoureux pour lui permettre de rester longtemps. Elle s'en retourna donc à Paris avec son mari ; mais Champlain revint s'acquitter de ses devoirs au Canada.

56. Il est nécessaire maintenant que nous nous étendions sur les voyages de Champlain dans les régions alors inconnues de l'Amérique du Nord. L'histoire complète de ses voyages suffirait à remplir un gros

volume. Et vraiment le récit qu'il en a fait lui-même forme un livre considérable qui fut imprimé à Paris, il y a plus de deux cents ans.

CHAPITRE XI.

Voyages de Champlain.

57. Nous avons dit que Champlain, dans un voyage fait avec son ami Pontgravé, avait remonté le St. Laurent, au-dessus d'Hochelaga, avant de venir s'établir au Canada. Puis, en 1609 et 1610, nous avons vu qu'il remonta le cours du Richelieu avec les Indiens, et pénétra dans le lac qui porte son nom

En 1611, il alla de nouveau à Hochelaga, et visita le le lac St. Louis et le lac des Deux-Montagnes. A cette époque, il avait avec lui un certain nombre de Français, en bateaux. Beaucoup d'Indiens descendirent en canots des régions voisines des sources de la rivière Ottawa. Ils apportaient des peaux pour la traite. Champlain plut fort aux chefs qui l'invitèrent à venir, lui et ses Français, visiter leurs chasses et leurs bourgades. Il le promit, et sans doute il en avait le vouloir, mais il ne put tenir la promesse que quatre ans plus tard.

Pendant qu'il était à Hochelaga, il fit faire quelques défrichements par ses hommes, et fit l'essai du sol en y semant plusieurs sortes de grains. L'endroit où se fit l'ensemencement reçut le nom de " Place Royale." C'était le site sur lequel Montréal fut bâti depuis.

58. En mai 1613, il monta encore à Hochelaga, et fit un court séjour à l'île Ste. Hélène. A la fin du mois, il se mit en marche avec un guide Indien et quatre Français pour visiter les chefs de la région de l'Ottawa. Dans ces temps-là, les rivières servaient de route pour aller d'un point à un autre du pays. Mais les rapides au-dessus d'Hochelaga et ceux du lit de la rivière Ottawa ne pouvaient être franchis par des chaloupes. Ainsi Champlain et ses compagnons eurent souvent à

porter leurs canots, leurs armes et leurs provisons le long des rives rocheuses. Ils remontèrent le cours de l'Ottawa jusqu'à l'île des Allumettes. Là, les Français reçurent un bon accueil des chefs Algonquins. Les Sauvages de ces contrées portent en général le nom d'*Outaouais;* ils étaient alors assez nombreux. Pendant son séjour dans le pays d'Ottawa; Champlain entendit parler de la "Mer du Nord," désignation qui voulait dire la Baie d'Hudson. Il désirait vivement se rendre jusque-là; mais il fut obligé de se contenter des renseignements qu'il put obtenir à ce sujet de la bouche des Indiens. Un grand nombre de Sauvages descendirent l'Ottawa avec lui, à son retour de l'île des Allumettes. Leurs canots étaient chargés de peaux. Au lac St. Louis et à Hochelaga, les Français en firent l'achat et les firent parvenir à bord des vaisseaux qu'ils avaient à Québec et à Tadoussac. Champlain, à cette époque,

Canot.

était, en Canada, le principal agent d'une compagnie française qui, chaque année, expédiait des vaisseaux et des hommes pour faire le commerce de pelleteries.

59. En 1615, Champlain fit encore un voyage à l'Ottawa; cette fois, il poussa jusqu'au lac Nipissing, et de là jusqu'aux bords du lac Huron. Descendant ensuite le long de la côte de la Baie Georgienne, il arriva aux quartiers généraux des Hurons. Ces Indiens avaient beaucoup de villages ou bourgades considérables, entourées de palissades et bien peuplées. On y comptait, paraît-il, environ 30,000 âmes. La peuplade occupait la belle et fertile région située entre la Baie

3

Georgienne et le lac aujourd'hui connu sous le nom de lac " Simcoe."

60. C'est au commencement d'août que Champlain arriva chez les Hurons. Comme ils étaient encore en guerre avec les Iroquois, on tint une armée prête à se mettre en marche avec lui et les chefs.

Pour gagner le pays des Iroquois, on traversa le Lac Simcoe et l'on fit route vers la route septentrionale du Lac Ontario, à l'endroit qu'on appelle maintenant la Baie de Quinté. De là on passa à la rive sud du même lac, où l'on débarqua, et l'on fit une marche d'environ 100 milles pour arriver aux approches des établissements Iroquois.

Il se trouva que les Iroquois étaient beaucoup mieux préparés que par le passé à tenir tête à une attaque. Ils s'étaient fait un fort avec des troncs et des branches d'arbres.

N'ayant plus aussi peur qu'autrefois des armes à feu, ils se défendirent par des décharges de flèches et à coups de pierres. Les Hurons refusaient de se tenir en bon ordre et de faire ce que Champlain leur commandait. Bientôt Champlain fut blessé, et les Hurons furent défaits et repoussés du fort. Là-dessus, les chefs Hurons demandèrent de battre en retraite. Ils reprirent donc la route du Lac Ontario qu'ils traversèrent pour atteindre la rive nord. Champlain leur dit de lui donner des barques et des hommes pour le descendre le long du St. Laurent depuis le Lac Outario jusqu'à Hochelaga. Mais ils prétendirent que la chose était impossible. Le fait est que les chefs voulaient qu'il s'en revînt à leurs établissements et qu'il y passât l'hiver avec eux. Il se vit forcé d'y consentir ; car, à peine était on arrivé aux villages Hurons que l'hiver était commencé.

61. Mais ce long voyage ne fut pas sans profit. Champlain fit, en route, une étude des pays de l'Ottawa, de beaucoup de cours d'eau et de lacs, aussi bien que des naturels avec qui il se trouva. Les lacs Nipissing, Huron, Simcoe et Ontario devinrent ainsi connus à

lui-même et au monde. Il put, en outre, durant ce long hiver, se faire des amis de beaucoup d'Indiens dont les tribus habitaient le voisinage du Lac Huron. Son but, en agissant ainsi, était, jusqu'à un certain point, de les décider à descendre à Hochelaga, Trois-Rivières et Québec pour y faire la traite. Il avait surtout d'autres vues, c'était de les amener à se faire chrétiens, et, pour arriver à cette fin, de se laisser instruire. Car, grâce aux amis qu'il avait gagnés au Canada, lors de son séjour en France, des prêtres étaient maintenant prêts à venir se fixer au milieu d'eux. Au fait, il y en avait un nommé *le Carron*, de l'ordre des *Récollets*, qui avait déjà pénétré dans leur pays. Champlain et le Carron firent ensemble plusieurs visites aux tribus Indiennes près du Lac Huron.

62. En Mai 1616, Champlain accompagné d'une troupe nombreuse de Hurons, partit du pays de ces derniers pour Hochelaga et Québec. Il mit quarante jours à faire le voyage, et l'on était en Juillet, avant qu'il fut terminé.

Champlain avait été si longtemps absent qu'on craignait qu'il ne fut perdu ; aussi quand ses gens le revirent sain et sauf au milieu d'eux, grande fut leur joie. Ils se réunirent pour remercier Dieu de leur avoir ramené celui pour qui ils avaient tant d'affection.

Ce voyage de 1615 à 1616 fut le plus long et le plus rude qu'ait fait Champlain.

CHAPITRE XII.

Les Missionnaires.—Champlain à Québec.

63. L'un des objets que Champlain avait surtout en vue, c'était de pourvoir aux besoins religieux de la colonie. C'était un homme très pieux lui-même, et il voulait que les autres le fussent aussi.

Durant son séjour en France, en 1609 et 1610, il s'efforça de décider ses amis à l'aider dans la réalisation de ses désirs.   Quatre ans plus tard, il amena au Canada quatre religieux de l'ordre des Récollets.   Il bâtit aussi une chapelle à Québec.

Ces quatre Récollets furent subséquemment suivis d'autres.   Ils défrichèrent un emplacement près de la rivière Ste. Croix, pour y construire une habitation avec jardin.   Quant au nom de la rivière, ils le changèrent en celui de rivière St. Charles.

Quelques-uns des Récollets allèrent s'établir, comme missionnaires, chez les Indiens, pour les instruire dans la religion.   D'autres restèrent pour le service du Saint Ministère à Québec, aux Trois-Rivières et à Tadoussac.

Plusieurs années plus tard, en 1625, des prêtres d'un autre ordre vinrent co-opérer aux travaux des Récollets. Ils appartenaient à l'ordre des *Jésuites.*

64. Les missionnaires, Récollets et Jésuites, étaient des hommes étonnants de patience et de courage.   Ils n'ignoraient point qu'ils auraient à supporter la fatigue, la chaleur, le froid, la faim, la souffrance, à mourir peut-être d'une mort cruelle au milieu des Sauvages, et pourtant ils ne laisssèrent pas de se mettre à l'œuvre joyeux et pleins de zèle.

Aux établissements français, les prêtres célébraient le service divin pour le peuple de la colonie.   Ils se chargeaient aussi d'instruire les enfants des Indiens, et convertissaient tous ceux des pères et mères qu'ils pouvaient.

Le premier missionnaire des Hurons fut le Père Joseph le Carron dont le nom a déjà été mentionné.

65. A Québec, aussi bien qu'aux autres stations, les Français sous Champlain étaient au service d'une compagnie constituée en France.   Pour leur usage, la compagnie leur faisait passer vivres, vêtements et autres articles nécessaires.   La principale occupation de Champlain consistait à avoir l'œil, comme agent, sur toutes les affaires de la compagnie.   Mais il entrevoyait une ère où le pays ferait partie d'un vaste empire français en Amérique.   Son esprit était tout à

cette pensée. Aussi tous ses efforts avaient-ils pour but de faire de Québec le commencement d'une cité future. Il essaya aussi de décider la compagnie à envoyer des colons de France au Canada. Néanmoins, il n'en vint pendant longtemps que très-peu. La compagnie ne prit aucun souci de cette partie de ses devoirs; il lui arriva même quelquefois de ne pas expédier de provisions suffisantes pour les colons. Champlain fit à plusieurs reprises le voyage de France, pour tâcher de remédier à cet état de choses.

66. En 1620, il fit un grand effort, car il avait à cœur de voir le pays devenir quelque chose de plus qu'un simple rendez-vous de trafic. Le roi de France, alors Louis XIII, le nomma son lieutenant au Canada, et lui écrivit une lettre dans laquelle il parlait avec éloges de ses services.

Vers cette époque aussi, le fort construit à Québec était l'objet de l'attention de Champlain. Il voulait en rendre la prise plus difficile, et lui donner assez d'extension pour y rassembler, en cas de nécessité, toute la population de la colonie. Il mit donc à l'œuvre ses hommes qui travaillèrent sans relâche. Ce fort s'élevait sur le sommet d'un précipice d'où l'on obtenait une vue magnifique; on lui donna le nom de *Fort* ou *Château St. Louis*. Champlain avait deux raisons pour en hâter la construction. Il tenait d'abord à mettre la place en état de défense contre les Anglais qui avaient détruit les établissements français en Acadie; il pensait qu'ils pourraient bien quelque jour remonter le St. Laurent et en user ainsi, même à Québec.

La seconde raison, c'était de mieux protéger la place contre les Iroquois. Ces farouches tribus ne cessaient de se livrer à des actes d'hostilité contre les Indiens du Canada. Leurs guerriers pénétraient par bandes dans le pays, soit en suivant le cours de la rivière Richelieu, soit en descendant du Lac Ontario. Tantôt ils tombaient sur des partis de Hurons et d'Algonquins qu'ils surprenaient à terre. Tantôt ils guettaient l'arrivée des chasseurs Hurons, lorsque ceux-ci descendaient le St. Laurent, et ils s'élançaient à l'improviste sur leurs canots chargés de fourrures des *pays d'en haut*. C'est ainsi que les pauvres Indiens du Canada étaient continuellement volés et mis à mort. Quelquefois les guerriers Iroquois venaient jusqu'à Québec. Ils n'épargnaient ni Indiens ni Français. Bref, à partir du jour où Champlain avait pour la première fois, en 1609, prêté main-forte aux Hurons et aux Algonquins, les Iroquois nourrissaient une haine implacable contre les Français. Champlain faisait donc acte de sagesse en construisant à Québec un fort qui pût servir de moyen de défense contre les Iroquois et les Anglais.

CHAPITRE XIII.

Champlain presque oublié.—Formation d'une nouvelle Compagnie.—Prise de Québec par Kirkt.—Champlain emmené prisonnier en Europe.

67. Vers l'année 1627, la compagnie dont Champlain était l'agent, se montra vraiment bien négligente. Elle le laissa manquer de provisions de toutes sortes, et il n'avait avec lui, à Québec, qu'environ 50 hommes. La France et l'Angleterre étaient alors en guerre. Champlain pensa qu'il était fort probable que les Anglais essaieraient de s'emparer de la place. Bien qu'il n'eût que très-peu d'hommes, il n'avait d'autre crainte que celle de manquer de provisions de bouche, de poudre, de balles et de boulets. La compagnie le laissa, ainsi que ses hommes, presque mourir de faim. Les Jésuites et les Récollets peut-être, grâce à leurs jardins et aux terres qu'ils avaient mises en culture, près de la rivière St. Charles, étaient en état de soutenir leur existence. Il y avait encore une ou deux familles de fermiers qui pouvaient trouver dans la récolte de leurs céréales quelques moyens de subsistance contre la famine ; mais tous les autres étaient à la merci de la compagnie qui les laissait sans ressources. Bref, la compagnie ne se

souciait guère de la colonie que pour y faire de l'argent à l'aide de traite des pelleteries.

68. Tandis que les affaires étaient dans cette mauvaise condition à Québec, il se forma à Paris une nouvelle compagnie connue sous le nom de *Compagnie des cent associés*. Elle avait pour chef en France un célèbre homme d'état, le *cardinal Richelieu*. Cette compagnie remplaça l'ancienne sous laquelle Champlain et Pontgravé avaient servi.

On expédia aussitôt des navires chargés de provisions pour le Canada. Malheureusement ces navires n'arrivèrent jamais à Québec.

69. Un capitaine Anglais, nommé *Kirkt*, remonta le St. Laurent avec plusieurs vaisseaux. C'était en 1628. Cette année là, Kirkt n'alla pas plus haut qu'à

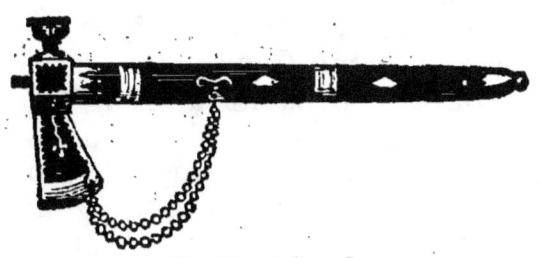

Le Tomahawk.

Tadoussac. En redescendant le fleuve, il captura les bâtiments français qui apportaient des provisions pour le Canada. Il en résulta que Champlain et ses gens faillirent périr d'inanition avant le printemps suivant. Néanmoins ils réussirent à se soutenir jusqu'en Juillet 1669, époque à laquelle la flotte de Kirkt fit son apparition dans le hâvre de Québec.

Kirkt somma Champlain de se rendre. Il savait à quel triste état les Français étaient réduits ; il offrait d'ailleurs de bonnes conditions. Dépourvu de vivres et de tout moyen de défense, Champlain se vit forcé de capituler. Il se rendit à bord du vaisseau de Kirkt, accompagné de son ami Pontgravé et de tous ceux qui servaient sous ses ordres, sauf quelques familles qui

voulurent rester. Il fut ensuite transporté en Angleterre d'où il passa en France.

Les Anglais prirent possession de Québec.

Ainsi furent détruites toutes les espérances de Champlain. Sa colonie, après 21 ans de labeurs et d'anxiétés,
était maintenant ruinée.

CHAPITRE XIV.

Champlain, gouverneur du Canada.—Sa mort.

70. Les Anglais gardèrent Québec environ trois ans,
jusqu'en 1632. Il se conclut alors un traité entre
l'Angleterre et la France, et le Canada fut remis aux
Français, ses anciens maîtres.

La Compagnie des cent associés, à qui fut confié dès
lors le soin du pays, nomma Champlain son premier
officier. Elle lui donna, cependant un rang plus élevé
et des pouvoirs plus étendus qu'il n'avait auparavant.
Le roi aussi lui accorda une commission de plus haute
importance. En un mot, Champlain devint gouverneur
de la Nouvelle-France, au lieu de n'être simplement
que l'agent en chef d'une compagnie de trafiquants.

71. Dans l'hiver de 1632, on fit en France des préparatifs pour expédier au Canada une flotte avec des
colons et des approvisionnements de toutes sortes.

Tout fut prêt vers Mars 1633, et le 23 du même
mois Champlain mit à la voile à Dieppe.

Il avait trois vaisseaux armés, portant 200 passagers,
avec abondance de provisions de bouche, d'armes et
de marchandises.

Le 23 Mai, Champlain arriva dans le hâvre de
Québec. Ce fut un jour de réjouissance que celui où
le noble fondateur de la colonie mit pied à terre sur la
rive, et reprit son poste au Fort St. Louis.

72. Québec avait eu beaucoup à souffrir de l'occupation anglaise. Les édifices de la place étaient ruinés;
la chapelle érigée en 1615, aussi bien que les habit -

tions des Récollets et des Jésuites, sur la rivière St. Charles, et d'autres constructions étaient détruites.

Champlain se mit à l'œuvre pour r . ir la place. On fit une nouvelle chapelle. Bientôt après, les Jésuites commencèrent une construction neuve et beaucoup plus grande que celle qu'ils avaient aupar. t, et qui prit le nom de *Collége des Jésuites de Québe*. Le Fort St. Louis fut réparé et mis en meilleur état de défense.

Quant aux Récollets, la Compagnie des associés leur refusa la permission de retourner au Canada.

PORTRAIT DE CHAMPLAIN.

73. Quelques-uns des nouveaux colons furent envoyés aux Trois-Rivières. Là aussi, Champlain fit construire des édifices, et élever une plate-forme sur laquelle il fit monter des canons. Afin de tenir les Iroquois en échec, il envoya plusieurs de ses gens bâtir un petit fort sur un îlot du nom d'Ile Richelieu, dans le St. Laurent, à-peu-près à mi-route entre Québec et les Trois-Rivières.

74. Personne ne ressentit une plus grande joie du retour de Champlain que les Indiens. Il vinrent en foule lui souhaiter la bienvenue. Les chefs qui l'avaient connu dans la région de l'Outaouais, et au Lac Huron,

firent des voyages à Québec, exprès pour le revoir. Le commerce des fourrures était tombé pendant l'occupation du pays par les Anglais. Dès ce moment, il se releva. Les Outaouais et les Hurons revinrent en canots chargés de pelleteries faire le trafic à Hochelaga, aux Trois-Rivières et à Québec.

75. Mais Champlain ne vécut pas longtemps après son retour. En Octobre, 1635, il tomba malade. Incapable d'aucun mouvement, il resta au lit plusieurs semaines ; bien qu'il reconnût tous ceux qui l'approchaient, il lui était impossible de vaquer aux affaires ou de signer son nom. Il expira le jour de Noël.

Il fut administré, à ses derniers moments, par un prêtre jésuite qu'il aimait, et qui s'appelait le *Père Lejeune.*

Quand il fut mort, tout le peuple de la colonie fut en deuil. Chacun comprenait qu'il venait de perdre un père et un ami.

CHAPITRE XV.

Qualités de Champlain. — Ses tribulations et ses efforts. — Ses manières agréables.—Sa dernière maladie et ses funérailles.— Sa voûte et ses ossements découverts 221 ans après sa mort.

76. Nos jeunes lecteurs ne seront pas fâchés d'avoir encore un chapitre sur Samuel de Champlain, car c'était un homme dont on peut à peine parler trop longuement ou avec trop d'éloges. Ils ne trouveront pas non plus de noms dans l'histoire du Canada, ni même dans l'histoire d'aucun pays qui méritent davantage qu'on en garde le souvenir et qu'on les mentionne avec respect. Bref, il y eut tant de bonté dans son caractère et dans ses actes ; il fit preuve de tant de fidélité dans l'accomplissement de ses devoirs ; il donna pendant sa vie tout entière tant d'exemples de patience et de persévérance, qu'il mérite de n'être jamais oublié.

77. Champlain était né en France, en l'année 1567, dans un endroit nommé *Brouages*. Il avait donc 41 ans, lorsqu'il fonda Québec, et 68 ans lorsqu'il mourut.

78. La tâche qu'il avait entreprise de fonder une colonie au Canada, lui coûta près de 30 ans de sa vie. Il dut endurer bien des fatigues. Il fit au moins 15 voyages à travers l'Atlantique, entre le Canada et la France. L'aller et le retour s'effectuaient à bord de petits navires, chargés outre mesure, et sur lesquels on ne songerait pas aujourd'hui à faire une traversée même de quelques jours. A cette époque, la traversée de l'Atlantique prenait d'ordinaire de deux à trois mois. Souvent les petits bâtiments et les équipages qu'honorait la présence de ce noble personnage étaient ballottés par la tempête au point que tout le monde à bord courait risque de périr. Parfois on se voyait à court de provisions, de vivres et d'eau. En général, on souffrait ; et il se produisait même des cas de mortalité, causés par le scorbut.

79. La plus étonnante qualité de Champlain fut peut-être la *persévérance*. Alors que tout le monde semblait disposé à oublier le Canada, il ne perdit jamais courage pour le défendre. Il en parlait toujours favorablement, en public et dans l'intimité, dans les palais des grands, au camp et à la cour du roi. Aux uns il recommandait le Canada comme un bon pays pour s'y fixer, à d'autres qui étaient pleins de zèle pour la religion, il parlait du devoir d'apprendre aux pauvres Indiens à connaître Dieu. Il disait qu'il valait mieux contribuer à sauver une seule âme qu'à fonder un empire.

80. Il avait la conversation et les manières fort agréables. Cette double qualité, ainsi que ses nombreux voyages et les relations écrites qu'il en donne le firent bien connaître et aimer en France. Non-seulement le clergé et la noblesse, mais encore le roi, se sentirent disposés, par égard pour lui, à s'intéresser vivement au Canada et à ses habitants. Les Sauvages le trouvaient toujours plaisant. Les chefs étaient enchantés du ton amical et badin de ses discours. L'un d'eux lui

disait : vous nous plaisez continuellement, et vous nous faites rire. Une fois, pour leur être agréable, il fit préparer de la chair d'ours et essaya d'en manger. Naturellement, les Sauvages étaient au comble de la joie ; mais Champlain ne se sentait pas beaucoup de goût pour ce genre de nourriture, car il dit à un prêtre qui était avec lui : que dirait-on en France d'une pareille drogue, comme friandise ? Nous avons déjà raconté quelles grandes distances les chefs parcouraient pour le voir et lui souhaiter la bienvenue, à son retour au Canada, en 1633.

81. Le jour de Noël, 1635, Champlain mourut, après avoir été malade environ dix semaines. Durant sa maladie, les pères jésuites, Charles Lallemand et Paul Lejeune, le soignèrent. Bien qu'il ne pût se mouvoir ni même signer son nom, il donna maintes preuves de sagesse et de l'intérêt qu'il prenait au bien-être de la colonie. Ses restes mortels furent suivis à l'église par le peuple, les soldats, les chefs Indiens et les Sauvages convertis, tous désireux de montrer leur affection pour sa personne et leur respect pour sa mémoire. Le service funèbre terminé, le père Lejeune ouvrit et lut à haute voix une lettre qui avait été confiée à ses soins quelque temps auparavant. Cette lettre faisait connaître au peuple le nom de l'officier qui devait gouverner, en attendant que le successeur de Champlain arrivât de France.

82. Le corps de Champlain fut déposé dans une voûte de pierre faite exprès. On pense qu'une petite chapelle fut ensuite bâtie au-dessus. Mais cette chapelle ayant été détruite par le feu, le site exact du lieu de sépulture resta inconnu jusqu'en 1856, époque à laquelle des ouvriers découvrirent accidentellement la voûte et les ossements du fondateur de Québec. Lejeune, qui donne une courte notice de la mort et des funérailles de Champlain, observe que, bien que décédé " hors de son pays natal, la France, *son nom n'en sera pas moins glorieux aux yeux de la postérité.*" Quoiqu'il en soit, on est heureux d'avoir eu un tel homme pour premier gouverneur.

CHAPITRE XVI.

Gouverneurs après Champlain.

83.—Après la mort du vaillant et fidèle Champlain, la Compagnie des Associés envoya de temps en temps d'autres gouverneurs pour administrer la colonie. Nous donnons à la fin de ce Chapitre une liste de ces gouverneurs jusqu'à l'année 1663. C'étaient tous d'anciens officiers, pieux et braves, qui avaient servi dans les armées du roi de France.

84. Chaque nouveau gouverneur amenait avec lui quelques soldats. Les prêtres, les gens de la colonie et les Indiens avaient coutume de le recevoir, comme si c'eût été le roi lui-même, lorsqu'il débarquait sur la rive, au pied du Cap Diamant et du Fort St. Louis. On tirait le canon, et l'on présentait au nouvel arrivé les clefs du fort. Ensuite, tout le monde se mettait processionnellement en marche pour monter la côte. En route, on avait à passer près d'une grosse croix de bois plantée sur une éminence. Arrivé en face de cette croix, le nouveau gouverneur et sa suite s'agenouillaient quelques moments, après quoi tous se dirigeaient vers une petite église ou chapelle située sur la hauteur, où le service divin était célébré. De là, le gouverneur et ses officiers se rendaient au fort qui devait leur servir de résidence.

85. Mais, dans ces temps-là, non-seulement le pays tout entier était sauvage et inculte, mais le pouvoir réel du gouverneur qui l'administrait était en vérité bien restreint. La population peu nombreuse de la colonie, ainsi que les Indiens du Canada, étaient obéissant, et loyaux. Mais partout, excepté dans le voisinage immédiat de Québec, c'étaient les Iroquois qui possédaient véritablement le sol. Dès le moment où Champlain avait prêté main-forte aux Hurons, aux Algonquins et aux Montagnais contre ces farouches Sauvages, les Français et leurs alliés Indiens ne furent jamais à l'abri d'attaque. Quelque fois les Iroquois poussaient

l'audace jusqu'à s'approcher des enclos français, près de l'embouchure de la rivière St. Charles. Plus d'une fois, un gouverneur nouvellement arrivé eut à se lever en hâte de la table de banquet du Fort-St.-Louis, afin de donner la chasse, lui, ses officiers et ses soldats à quelque bande rôdeuse de guerriers Iroquois. En ces occasions, les Sauvages s'échappaient sans peine dans les bois, emmenant peut-être quelques prisonniers et emportant quelques chevelures.

Au fait, si braves que fussent ces vieux gouverneurs, ils étaient à peine en état de maintenir la colonie en existence.

86. La raison pour laquelle les gouverneurs pouvaient faire si peu pour la protection de la colonie et pour sa prospérité n'était autre que la négligence de la Compagnie des Associés. La Compagnie ne se souciait réellement de la colonie que pour en tirer profit au moyen du trafic des fourrures. Elle n'y envoyait pas assez de soldats. Bien qu'entre les années 1628 et 1663, elle fût tenue d'envoyer quatre mille colons ou défricheurs, elle n'en envoya en réalité que quelques centaines. Aussi, à moins d'autres causes de développement, la colonie, sous l'administration de la Compagnie des Associés, n'aurait-elle pu échapper à une ruine complète.

87. Dans les chapitres suivants, nous lirons le récit détaillé des événements les plus intéressants dont le Canada fut le théâtre, tout le temps que la Compagnie des Associés fut chargée de l'administration. Les gouverneurs de cette époque qui succédèrent à Champlain furent, comme suit :

M. de Montmagny	de 1636 à 1648
M. d'Ailleboust.........	" 1649 à 1651
M. de Lauzon (père et fils),.......	" 1651 à 1658
M. d'Argenson	" 1658 à 1661
M. d'Avaugour	" 1661 à 1663

CHAPITRE XVII.

Madame de la Peltrie et Marie Guyart.

88. *Magdeleine de Chauvigny*, mieux connue sous le nom de *Madame de la Peltrie*, était une dame françaiso belle et riche. Son mari, M. de la Peltrie, mourut et la laissa veuve alors qu'elle n'avait atteint que l'âge de 22 ans. Elle avait entendu parler du Canada ou Nouvelle-France par les récits qu'en avait apportés Champlain. Elle avait aussi lu, au sujet des pauvres Sauvages Indiens, les lettres envoyées en France par le Père Paul Lejeune, ami et confesseur de Champlain.

PORTRAIT DE MADAME DE LA PELTRIE.

Elle s'éprit de l'idée de consacrer sa fortune et ses services aux moyens de pourvoir à l'éducation des jeunes personnes de son sexe, au Canada. En vain, sa famille et ses amis s'opposèrent-ils à son dessein, elle traversa l'océan pour se rendre à Québec, où elle débarqua le 1er août 1639. Elle était accompagnée de Marie Guyart et de deux autres dames avec le concours desquelles elle se proposait de fonder un couvent de l'ordre religieux des *Ursulines*. Le même vaisseau avait à bord trois Hospitalières envoyées par la duchesse d'Aiguillon pour ouvrir un hôpital sous le nom d'Hôtel-Dieu. Il avait aussi en chargement le mobilier et tout le matériel dont on pouvait avoir besoin pour l'emménagement de l'hôpital et du couvent.

Madame de la Peltrie et ses compagnes furent reçues par M. de Montmagny avec beaucoup de respect et de cérémonie. Il leur donna les terrains nécessaires pour construire des bâtiments avec jardins; en un mot, il fit tout ce qui dépendait du lui pour les protéger et aider à mettre leurs projets à exécution.

Bientôt, au moyen d'ouvriers que payait et entretenait Madame de la Peltrie, on eut achevé la construction du premier couvent des Ursulines, à Québec. Tout près de là, on bâtit une petite maison de pierre pour l'usage personnel de cette dame.

89. Les Sauvages furent bien aises d'être témoins de l'arrivée de Madame de la Peltrie et de sa suite. Quelques-uns d'entre eux avaient vu une dame française, Madame Champlain, venue au Canada 20 ans auparavant. Mais les dames qu'ils voyaient cette fois portaient un costume étrange qu'ils n'avaient jamais vu dans la colonie. Madame de la Peltrie leur fit dire, qu'elle et ses compagnes étaient filles de chefs français, et que, par amour pour eux, elles avaient quitté leur pays, leurs familles et tous les délices de la terre natale, afin d'instruire leurs enfants et de les sauver de la ruine éternelle.

Aussitôt qu'il fut possible de le faire, on ouvrit au couvent des classes régulières pour l'instruction des jeunes filles Indiennes et de celles des colons.

90. Madame de la Peltrie continua, tout le reste de sa vie, à se vouer à cette sainte entreprise. Elle demeura au Canada, et mourut en 1671.

Le couvent qu'elle fonda existe encore de nos jours. Des milliers de filles de colons français y ont reçu leur éducation.

91. Celle qui plus que personne aida Madame de la Peltrie à fonder son couvent, fut Marie Guyard, mieux connue sous son nom religieux de *Marie de l'Incarna-*

tion. Elle, aussi, était veuve; elle avait entendu parler du Canada, et désirait consacrer sa vie à l'instruction des païens. Elle entra en connaissance avec Madame de la Peltrie, et c'est avec joie qu'elle consentit à la suivre au Canada.

C'était, comme le temps le prouva, une femme éminemment douée. En moins de trois mois, à compter de l'époque de son arrivée à Québec, elle apprit les langues huronne et algonquine assez bien pour les parler et pour donner l'instruction aux enfants Indiens. Le Père Jésuite Lejeune fut son instituteur. C'est elle·qui fut la première supérieure du couvent des Ursulines. Elle mourut en 1672, quelques mois après son amie, Madame de la Peltrie.

92. Ces deux femmes sont des personnes remarquables dans l'histoire des premiers temps du Canada. Elles eurent bien des tribulations à subir dans le cours de plus de 30 ans de labeurs. L'une des plus sérieuses épreuves qu'elles eurent à traverser fut l'incendie de leur couvent en 1650. Ce malheur arriva la nuit, par un temps excessivement froid. La communauté fut tout-à-coup réveillée en sursaut par les flammes. On n'eut, il est vrai, à déplorer la mort de personne, mais les propriétés fut perdues. Les religieuses durent s'échapper de l'édifice en feu, à demi-vêtues et nu-pieds, alors que le sol était couvert d'une épaisse couche de neige.

La destruction du couvent causa une bien vive affliction à tous les habitants de la colonie. M. d'Ailleboust était alors gouverneur. De concert avec ceux qui en avaient les moyens, il vint en aide aux Ursulines dans leur détresse. Madame de la Peltrie et la Supérieure, son amie, n'épargnèrent rien pour faire rebâtir leur couvent. Des secours leur furent envoyés de France à cet effet, si bien qu'au bout d'un certain temps, un autre édifice se trouva construit sur les fondements de l'ancien. La Supérieure elle-même surveillait les travaux au fur et à mesure qu'ils avançaient.

Souvent les classes de jeunes filles, tant indiennes que françaises, se tenaient sous l'ombrage d'un gros frêne qui s'élevait près de là, et qu'on pouvait encore voir, il y a peu d'années, sur l'emplacement qu'occupe le couvent, bien qu'il eût plus de 500 ans d'existence.

CHAPITRE XVIII.

M. de Maisonneuve.—Fondation de Ville-Marie (Montréal.)

93. Environ trois ans après la fondation de l'Hôtel-Dieu et du couvent des Ursulines à Québec, un gentil-homme, *M. de Maisonneuve*, arriva de France. Il avait été choisi pour amener des colons, et pour fonder des établissements sur l'île où s'élevait le *Mont-Royal*, et qui avait été le site de l'ancienne bourgade indienne *Hochelaga*. Déjà l'on avait commencé à donner à ce territoire le nom qu'il porte aujourd'hui, car la Compagnie qui avait envoyé M. de Maisonneuve, était désignée sous le titre de *" Compagnie de l'île de Montréal."*

Maisonneuve amena avec lui environ 50 hommes, capables à la fois de cultiver le sol et de faire usage d'armes de guerre. Lui et ses compagnons fondèrent, le 18 Mai 1642, le premier établissement de l'île, et lui donnèrent le nom de *Ville-Marie*. Cet établissement était un peu plus rapproché de la montagne qu'Hochelaga ; il devint plus tard le site de la cité moderne, *Montréal.*

94. Maisonneuve était un homme réellement brave et sincèrement pieux. Il avait devant lui une bien rude tâche : les Iroquois, comme un fléau, inquiétèrent les premiers colons. Ces Sauvages rôdaient partout dans les alentours, épiant l'occasion de tomber sur les défricheurs et de les scalper. Au fait, les Français n'osaient jamais travailler seuls à quelque distance de

leurs habitations, ou sans avoir près d'eux leurs armes à feu et leurs épées.

On construisit quelques petits forts en bois, dont l'enceinte fut entourée de palissades, pour qu'il fût possible aux colons, lorsque venaient les Iroquois, de s'y réfugier aussitôt.

Quelquefois les Sauvages venaient par deux ou trois molester les Français et cherchaient à les attirer hors de l'enceinte pour combattre. Mais de Maisonneuve était trop prudent pour permettre de franchir l'enceinte. Il savait qu'à peine sortis de la ligne de défense, ses gens allaient peut-être trouver devant eux des centaines de guerriers aux aguets pour les accabler. Néanmoins, à force de se voir ainsi harrassés avec tant de tenacité, les Français devinrent impatients. Ils sommèrent leur chef de les mener au combat. Maisonneuve persista dans son refus, jusqu'à ce qu'enfin ses gens en vinrent à dire qu'il avait peur. Le vaillant chevalier vit alors qu'il convenait de prendre le commandement d'une forte escouade de ses hommes pour se mettre à la poursuite de quelques Iroquois. Ce qu'il avait prévu arriva. Les Français se trouvèrent bientôt en présence d'une bande nombreuse d'Iroquois prêts à les recevoir. Dans le combat qui s'en suivit, les Français se virent serrer de près. Plusieurs furent tués, et les autres reconnaissant alors leur erreur furent obligés de lâcher pied. Maisonneuve, avec quelques officiers d'élite, couvrit la retraite. Il se retira lentement, abattant les Sauvages qui s'approchaient, et fut le dernier à s'abriter derrière les défenses. A dater de ce jour, ses gens cessèrent de faire fi de ses avis, ou de l'accuser de lâcheté. L'endroit où l'action fut la plus chaude est celui qu'on appelle maintenant la *Place d'Armes*. L'affaire eut lieu le 30 Mars 1664.

95. Maisonneuve fit à plusieurs reprises le voyage de France, afin de se procurer plus de colons et de soldats. Il était aidé de M. d'Ailleboust, depuis gouverneur. A force de vigilance et de bravoure, il réussit à empêcher que l'île fut entièrement ravagée par les Iroquois.

C'était un homme très-pieux comme Champlain. Il décida des religieux et des religieuses à quitter la France pour venir se fixer à Ville-Marie.

96. Un jour, à l'occasion d'une grande crue des eaux du fleuve, il fit vœu de porter et de planter une croix de bois sur la montagne, au cas où Dieu ferait baisser l'eau. Elle baissa en effet, sans causer les dégâts qu'on appréhendait; alors le pieux chevalier accomplit son vœu. A la tête des communautés religieuses de l'un et l'autre sexe, ainsi que des gens de l'île, il se mit processionnellement en route, les épaules chargées d'une lourde croix. Parvenu à un point élevé, il y planta la croix, sous les yeux de toute l'assistance.

97. Maisonneuve, malgré toute sa bravoure et sa bonté ne laissa pas que d'avoir à souffrir des effets de la haine. Les gouverneurs d'Argenson, d'Avaugour et surtout de Mésy manifestèrent beaucoup de malveillance à son égard. Le dernier de ces gouverneurs lui enjoignit même de quitter le pays. Il paraît cependant qu'il n'abandonna définitivement son poste à Ville-Marie que vers l'année 1670. Dans ses vieux jours, il fut honorablement soutenu à Paris par ceux qu'il avait servis.

98. En dépit des difficultés créées par les attaques des Iroquois, la population de Ville-Marie et des établissements circonvoisins se multiplia, et devint prospère, autant sinon plus que celle des autres parties du Canada.

CHAPITRE XIX.

Les Missionnaires.—Guerre entre les Iroquois et les Indiens du Canada.

99. Nous avons maintenant à parler, de nouveau, des missionnaires. Ces hommes, comme le jeune lecteur le sait déjà, étaient les ministres de la religion que la France avaient envoyés vivre au milieu des Sauvages.

C'étaient des hommes pour qui personne ne peut s'empêcher d'éprouver la plus profonde admiration. Ils entrèrent dans l'exercice de leur ministère sacré, joyeusement et pleins de zèle. Ils n'ignoraient point pourtant qu'ils auraient à affronter bien des périls dans leurs longs voyages à travers les déserts, à braver les fatigues. la cruauté, peut-être même une mort douloureuse, dès leur arrivée chez les tribus indiennes. Cependant, ils ne reculèrent jamais devant le danger de passer leur vie avec elles, dans leurs huttes malpropres, sans autre nourriture que les aliments les plus grossiers, et endurant sans plaintes la rudesse de leurs habitudes et de leurs manières.

Les cours des rivières étaient alors les seules voies ouvertes au voyageur. Dans les endroits où l'eau manquait de profondeur et où il y avait des rapides, les missionnaires avaient à aider au portage des canots, le long des rives. Chacun portait en outre un ballot ou paquet contenant les vivres, les vêtements et les autres objets indispensables à l'œuvre du missionnaire.

100. Vers l'année 1644, alors que la guerre sévissait dans toute sa fureur entre les Iroquois et les Indiens du Canada, le pays fut partout en proie aux plus vives alarmes et plongé dans la détresse la plus profonde. Ni les Français, ni les Sauvages, leurs alliés, n'étaient épargnés par les Iroquois toutes les fois que ceux-ci pouvaient les atteindre. Cependant les missionnaires intrépides allaient et venaient d'un point à l'autre entre Québec et les régions lointaines du Haut-Canada et du Lac Huron.

101. Quelques années plus tard, il devint évident que les Iroquois avaient le dessus sur les Hurons et les Algonquins. Force fut à ces derniers de quitter les grands fleuves Outaouais et St. Laurent, ainsi que les cantons où se faisaient ordinairement leurs chasses. Ils se virent même attaqués dans leurs propres établissements et dans leurs bourgades. Quoi qu'il en fût, les fidèles missionnaires ne voulurent point les abandonner, comme on aurait pu s'y attendre, et il n'y en eut

pas peu qui risquèrent ainsi leurs jours et moururent
victimes de leur dévoûment. Nous donnerons dans le
prochain chapitre quelques détails sur la fin de plusieurs de ces hommes si courageux et si dignes
d'estime.

[CHAPITRE XX.

Meurtre des Missionnaires.—Défaite des Hurons.

102. Au nombre des missionnaires massacrés par les
Indiens, nous citerons : Nicolas Viel, Isaac Jogues,
Antoine Daniel, Jean Brébœuf, Gabriel Lallemant,
Charles Garnier, et Natal Chabanel.

103. Viel était un prêtre de l'ordre des Récollets.
Il avait été quelque temps missionnaire chez les
Hurons, avec Le Caron. Dans le cours de l'année
1625, il revenait du Haut-Outaouais avec un jeune
sauvage et un guide Indien. Comme leur canot descendait l'une des bouches de l'Outaouais, qu'on appelle
la *Rivière-des-Prairies*, précisément derrière Montréal,
le guide Sauvage les jeta tout-à-coup, lui et l'enfant,
dans l'eau. Le courant en cet endroit là était si fort
que tous deux se noyèrent. Cette partie de la rivière
a depuis porté le nom de *Sault-au-Récollet*.

104. Jean Jogues était un missionnaire de l'ordre
des Jésuites. En 1642, il fut fait prisonnier avec
plusieurs autres par une bande d'Iroquois et emmené
à leurs établissements, au sud du Lac Ontario. Là, il
fut traité avec la plus grande inhumanité, et ce n'est
que bien des mois après qu'il s'échappa en descendant
la Rivière Hudson.

Jogues revint au Canada. Conformément au désir
des chefs, il fut choisi pour porter un message de paix
aux bourgades iroquoises. Malgré le souvenir de la
captivité qu'il avait jadis subie et des souffrances qu'on
lui avait fait endurer, il poussa l'intrépidité et la con-

fiance jusqu'à se rendre au milieu de ces tribus. Sa mission terminée, il se mit en route pour revenir à Québec. Il avait même promis aux Iroquois de retourner chez eux et d'y vivre comme missionnaire. En 1646, il était en voie d'accomplir sa promesse, lorsque tout-à-coup une bande d'Iroquois tombe sur lui et sur ceux qui l'accompagnaient. Il est saisi, garotté et entraîné violemment au village des Mohauks. Loin d'être reçu en missionnaire, il fut traité en prisonnier de guerre. Les capricieux Sauvages avaient changé de manière de voir, et s'étaient décidés à rester en guerre avec les Français. Il arriva qu'à cette époque la fièvre jaune exerçait ses ravages dans les villages iroquois. Leurs récoltes étaient aussi livrées à la destruction par des nuées de sauterelles et des myriades de chenilles. Les cruels Indiens accusèrent le père Jogues d'être cause de la fièvre et de la ruine de leurs récoltes. En conséquence, il fut tourmenté et finalement mis à mort. Sa tête et celle d'un de ses compagnons furent tranchées et fixées chacun à l'une des extrémités d'un pieu, pendant que leurs corps étaient jetés dans une rivière voisine.

105. Le Père Daniel fut tué par les Iroquois en Juillet 1648. Il exerçait le saint ministère dans un des villages hurons où il avait une petite chapelle en bois. Au moment où il appelait la population au service divin, une bande d'Iroquois fondit sur le village. Ceux qui restaient se portèrent en foule vers la petite chapelle dans l'espoir d'y trouver un refuge. "Fuyez," dit le Père Daniel aux Hurons terrifiés; "quant à moi, il faut que je reste; c'est ici que je veux mourir." Tandis que ceux à qui il s'adressait s'échappaient par une porte de derrière, lui, revêtu de ses habits sacerdotaux se dirigea vers le porche et apparut tout-à-coup en face des Iroquois. Atteint aussitôt d'une grêle de flèches et de balles, il tomba mort en prononçant le nom de Jésus-Christ. Les Sauvages mirent alors le feu à la chapelle et laissèrent le corps du Père Daniel dans les flammes.

106. Dans le cours de l'année qui suivit celle où mourut le Père Daniel, il n'y eut pas moins de quatre Jésuites missionnaires assassinés par les Iroquois. Ce furent les Pères Brébœuf, Lallemant, Garnier et Chabanel, tous les quatre desservants du pays des Hurons.

Brébœuf et Lallemant étaient ensemble à un poste nommé par les Français le poste St. Ignace. Dans la matinée du 16 Mars 1649, environ 1000 guerriers Iroquois assaillirent la place.

Les Hurons envoyèrent leurs femmes et leurs enfants à un village voisin qu'on appelait St. Louis. Puis, ils prièrent les deux missionnaires de se retirer, leur représentant que la guerre n'étant pas le fait des ministres de la religion, ils devaient y rester étrangers. Brébœuf répondit qu'ils ne partiraient point. Dans une circonstance comme celle-ci, ajouta-t-il, il faudra quelque chose de plus que du feu et de l'acier, et ce quelque chose, Lallemant et moi pouvons seuls le fournir. Inutile de dire qu'il faisait allusion aux secours religieux que réclameraient les blessés et les mourants.

Bientôt les Iroquois forcèrent l'entrée du poste, et les Hurons furent mis en fuite. Les deux missionnaires, au lieu de chercher à se sauver eux-mêmes, restèrent pour consoler les mourants. On s'empara d'eux : ils furent garottés et attachés non loin l'un de l'autre à des poteaux. Tout près de là, les Iroquois torturaient leurs autres prisonniers.

Brébœuf, l'air intrépide, encourageait ceux qui l'entouraient en leur disant de penser au ciel, et de souffrir avec résignation.

Les Iroquois, continuant leur œuvre de torture, enlevèrent aux missionnaires des lambeaux de chair du corps, et leur mirent des plaques de fer rouge autour du cou, en guise de colliers. Lallemant essaya de s'approcher de son ami pour l'embrasser, mais il fut violemment repoussé par ses bourreaux. Brébœuf ne cessa, tout le temps du supplice, de prononcer des paroles de consolation pour ses amis et d'avertissement pour les Iroquois. Il savait et parlait leur langue aussi bien que celle des Hurons.

L'exaspération des Iroquois devint telle qu'ils eurent la cruauté de lui couper les lèvres et de lui enfoncer de force un tison ardent dans la bouche ; mais ils ne purent lui faire pousser un seul cri, un seul gémissement.

Lorsque les misérables eurent reconnu que leur victime défiait à ce point tous leurs efforts, ils s'avisèrent d'un moyen presque trop épouvantable pour être raconté. Ils le scalpèrent, et lui versèrent ensuite de l'eau bouillante sur le crâne, en dérision de la cérémonie du baptême ! Puis l'apostrophant par son nom indien "Echon," dirent-ils, "vous avez dit que plus on souffre ici, plus la récompense sera grande dans le ciel ; eh bien, remerciez-nous de ce que nous vous faisons souffrir.

Les forces corporelles de Brébœuf s'affaiblissaient sensiblement ; néanmoins il ne laissait échapper aucun soupir de douleur. Alors, comme s'ils eussent désiré mettre un terme à cette scène, les Sauvages lui ouvrirent la poitrine d'un coup de hache, en arrachèrent le cœur, et le dévorèrent.

Telle fut la fin de Jean Brébœuf. Lallemant vécut quelques heures après que son ami eut expiré.

107. La même année, mais quelques mois plus tard, les Pères Garnier et Chabanel furent massacrés. Leur mort toutefois fut moins affreuse que celle des Pères Brébœuf et Lallemant.

108. Ces attaques contre les Hurons eurent pour effet la ruine de leurs tribus. Ils abandonnèrent leurs bourgs et leurs villages, et s'enfuirent de tous côtés. Quelques-uns se réfugièrent chez les peuplades voisines. D'autres allèrent chercher un asile dans les îles et dans les parties reculées des bords du Lac Huron.

L'année suivante, les missionnaires français échappés aux supplices, et les restes de nation huronne se dirigèrent, du mieux qu'ils purent, vers le bas du St. Laurent.

C'est ainsi qu'un grand nombre atteignirent Québec. Quelques années plus tard, ils furent établis à *Lorette*. C'est là qu'on peut encore voir de nos jours un petit nombre des descendants des tribus huronnes jadis si nombreuses.

CHAPITRE XXI.

La Colonie sauvée de la ruine par l'héroisme de Dollard.

109. Après avoir vaincu les Hurons, les Iroquois n'en continuèrent pas moins leurs attaques contre le Canada. Pas une année ne se passait sans que leurs bandes ne balayassent le pays, au point que personne n'était en sûreté en dehors des principales stations. Les Algonquins et les Montagnais disséminés çà et là, aussi bien que les débris de la nation huronne près de Québec, étaient constamment l'objet de leurs agressions. Français et Indiens étaient indistinctement égorgés partout où les Iroquois pouvaient les trouver. On rapporte que "de Tadoussac à Ville-Marie, il n'y avait rien à voir que traces de dévastation et de carnage." La Compagnie des Associés ne pouvait ou ne voulait rien faire pour protéger et secourir la colonie. Les gouverneurs, de Lauzon, d'Argenson, et d'Avaugour, étaient impuissants ; à peine pouvaient-ils sauver les principales stations, Tadoussac, Québec, les Trois-Rivières et Ville-Marie. Comme il n'arrivait aucun secours de France, les Iroquois devinrent de plus en plus incommodes, tandis que les gens de la colonie se laissaient aller chaque année à un plus grand découragement.

Ainsi continua l'état des affaires jusqu'à l'année 1660.

110. Cette année-là, lorsque presque tout le monde désespérait du salut de la Nouvelle-France, les Iroquois se préparèrent à faire une vigoureuse attaque finale. Leur plan était de tomber d'abord sur Ville-Marie

avec 1200 guerriers. Après avoir détruit cette place, ils devaient fondre sur les Trois-Rivières, et enfin sur Québec. C'est ainsi qu'ils espéraient conquérir la colonie, et tuer ou chasser tous les étrangers des rives du St. Laurent.

Ces plans sanguinaires allaient recevoir leur exécution, lorsque le pays fut sauvé, grâce à l'admirable valeur d'une poignée d'hommes.

111. Une bande de 44 Hurons de Québec désirant visiter leurs anciennes terres de chasse, montèrent aux Trois-Rivières, et de là à Ville-Marie. Leur intention était de combattre tout parti de guerre Iroquois qu'ils pourraient rencontrer.

Lorsqu'ils atteignirent Ville-Marie, un capitaine Français nommé Dollard se joignit à eux avec 17 hommes. La troupe entière poursuivit alors sa route vers la rivière Outaouais près des bouches de laquelle étaient postés des corps considérables d'Iroquois, qui se préparaient à tenter une attaque sur Ville-Marie.

Dollard et ses hommes se trouvèrent bientôt si près des Iroquois qu'ils ne purent espérer de rester longtemps inaperçus. Ils firent donc à la hâte une sorte de fort composé de troncs d'arbres et de branchages, sur la rive de l'Outaouais, tout près de quelques chutes ou rapides. Bientôt les éclaireurs iroquois les trouvèrent, et leurs guerriers, au nombre de six ou sept cents, se portèrent en avant et commencèrent l'investissement du fort, comptant bien s'emparer sans peine de Dollard et de sa petite troupe.

Mais la position était très forte. Aussi, Dollard put-il repousser les différentes attaques des Iroquois, et toujours avec un grand carnage. Pendant huit jours, l'ennemi renouvela ses assauts avec furie. Chaque jour quelques-uns des hommes de Dollard tombaient, mais il en tombait un grand nombre du côté des Iroquois. Bientôt, les munitions des défenseurs du fort commencèrent à manquer, ainsi que leurs forces. Enfin les Iroquois se frayèrent un passage dans le fort. Dollard et ses hommes périrent tous, excepté deux ou trois

Hurons qui parvinrent à s'échapper et allèrent porter à Ville-Marie et à Québec la nouvelle de ce qui était arrivé.

Lorsque les Iroquois, transportés de fureur, eurent mis à mort tous les blessés, tant Français que Hurons, ils se mirent à réfléchir sur le temps qu'il leur avait fallu et sur le grand nombre de guerriers qu'ils avaient perdus pour prendre ce poste.

Une simple poignée de Français avait pu tenir tête pendant huit jours à la moitié de toutes leurs forces. À quoi donc ne pouvaient-ils pas s'attendre s'ils mettaient à exécution les attaques projetées contre Ville-Marie et Québec ?

En conséquence, ils renoncèrent dès lors à leur dessein, et bientôt après, on sut à toutes les stations françaises que les Iroquois se retiraient dans leurs établissements.

C'est ainsi qu'à cette époque la colonie tout entière dut son salut à l'héroïsme de Dollard et de ses compagnons.

CHAPITRE XXII.

Les Indiens et le commerce de l'eau-de-vie.—Mgr. l'évêque Laval.

112. En échange des fourrures et des peaux qu'ils livraient, les Indiens recevaient des traitants, toutes sortes de choses utiles apportées d'Europe, telles que des armes à feu, de la poudre et du plomb, du drap, des vases de cuisine et des outils. Mais de tous les articles que pouvaient fournir les commerçants, il n'y avait rien dont les Sauvages faisaient cas comme de "l'eau-de-feu." C'est le nom qu'ils donnaient au brandy ou boisson que les Français appelaient "eau-de-vie." Les malheureux en vinrent à aimer l'eau-de-feu si passionnément qu'ils se défaisaient de tout ce qu'ils avaient pour s'en procurer. Quand il ne leur restait

plus rien autre chose, ils offraient leurs hardes et jusqu'à leurs enfants pour payer la boisson.

Les trafiquants Français établis le long du St. Laurent, les commerçants Hollandais et Anglais sur les rives de l'Hudson, et les Espagnols dans les régions plus méridionales firent connaître l'usage de l'eau-de-feu à toutes les tribus Sauvages de l'Amérique du Nord.

Les effets de cette boisson sur les pauvres Sauvages étaient bien tristes. Tous leurs autres défauts ou vices trouvaient dans l'ivrognerie le plus funeste des aliments. A Québec, et près des autres stations où il y avait des Indiens *convertis*, l'amour de la boisson mettait un terme à tout souci de leur part pour la religion. Quelques-uns des missionnaires se plaignaient d'avoir ainsi vu perdre le fruit de 30 ans de labeurs.

113. Pour arrêter le mal, on passa des lois sévères, en vertu desquelles il était défendu de vendre des boissons enivrantes aux Sauvages; mais les traitants ne faisaient nul cas de ces lois, car l'eau de feu les aidait à faire d'excellents marchés.

Quelquefois les gouverneurs se montraient assez peu rigides à l'égard de ceux qui enfreignaient la loi. Les commerçants disaient que, s'ils ne donnaient pas de boisson du tout, les chasseurs Indiens ne reviendraient pas, mais s'en iraient faire la traite avec les Hollandais et les Anglais. Bien des gens, à Québec et aux stations, partageaient cette manière de voir. Aussi y avait-il grande divergence d'opinion et même s'élevait-il des disputes à propos de ce que l'on appelait *"la traite de l'eau-de-vie."* Les uns n'en voulaient point du tout. D'autres demandaient ou qu'on n'allât pas si loin, ou qu'on laissât les choses suivre leur cours.

114. Les membres du clergé étaient tous de la même opinion à ce sujet. Ils désiraient qu'on renonçât entièrement à l'usage de l'eau-de-vie dans le commerce. A leur tête était l'évêque Laval, généralement connu sous le nom de *premier* évêque de Québec. Laval se plaignit au roi de France des gouverneurs d'Argenson

d'Avaugour qu'il accusait de n'avoir pas été assez sévères à l'égard de la traite de l'eau-de-vie.   L'un et l'autre
furent successivement rappelés du Canada.   D'autres
gouverneurs après eux, M. de Mésy et le Comte de
Frontenac, furent l'objet des plaintes de Mgr. Laval
pour la même raison.

115. L'évêque Laval vint au Canada en 1659.   Il
était d'une noble famille de France.   Il n'est guère
vraisemblable qu'il eût jamais vu Champlain; mais
sans aucun doute il avait lu ses écrits, ainsi que les

PORTRAIT DE L'EVEQUE LAVAL.

rapports que les Jésuites avaient alors coutume d'envoyer en France, tous les ans, et qui portaient pour
titre "*Relations des Jésuites.*"   Laval devait donc être
au courant de toutes les affaires du Canada avant d'y
venir.

L'évêque Laval fonda le Séminaire de Québec, dont
l'objet était de former des jeunes gens pour la prêtrise
Il fonda aussi l'institution qui s'appela le "*Petit Sémi
naire.*"   Ces deux établissements existent encore au

jourd'hui, quoique de l'un d'eux on ait fait une université.

De même que Champlain, Laval traversa plusieurs
fois l'Atlantique dans le but d'intéresser la Cour de
France en faveur du Canada. Il vecut jusqu'en 1708,
année où il mourut à Québec à l'âge de 86 ans.

Laval est une des figures les plus remarquables de
l'histoire du Canada.

CHAPITRE XXIII.

Le Gouverneur de Mésy et l'Evêque Laval.

116. Lorsque l'évêque Laval porta plainte contre le
gouverneur d'Avaugour, il obtint du roi la permission
d'en recommander un autre : c'était M. de Mésy.
L'évêque et de Mésy étaient très bien ensemble à
Paris et pendant la traversée de France à Québec, car
tous deux voyagèrent à bord du même navire. Mais
bientôt après leur arrivée, le digne évêque eut des
raisons d'être moins satisfait encore de M. de Mésy
qu'il ne l'avait été des deux gouverneurs précédents.
Au fait, la désunion se mit entre eux au sujet de bien
des questions. D'un côté, le gouverneur ne voulait
pas agir comme l'évêque le désirait; de l'autre, l'évêque ne voulait pas accéder aux désirs du gouverneur.
Les colons prirent parti, les uns pour Laval, les autres
pour de Mézy.

117. Enfin le gouverneur devint très violent dans
sa conduite. Il donna ordre de quitter le Canada à
plusieurs personnes haut placées dans la colonie,
entre autres à M. de Maisonneuve, gouverneur de l'Ile
de Montréal.

Un jour, afin de faire parade de son autorité,
de Mésy, à la tête d'un détachement de soldats, et au
bruit retentisssant des tambours et des trompettes,
pour que tout le monde en eût connaissance, se pré-

senta à la maison de l'évêque, comme s'il eût voulu s'emparer de sa personne. L'évêque parut à la porte ; mais les soldats, loin de mettre la main sur lui, se contentèrent de lui présenter les armes et de lui faire un salut respectueux. Bref, de Mésy ne laissait échapper aucune occasion de faire acte d'irrévérence envers Laval. L'évêque, au contraire, se montrait calme et digne. Il fit adresser à la Cour de France un rapport dans lequel il exposait ce qui paraissait être répréhensible.

En conséquence, le roi envoya au Canada un autre gouverneur, M. de Courcelle, pour prendre la place de de Mésy. Des ordres furent même donnés pour que de Mésy fût traduit devant un tribunal.

118. Sur ces entrefaites, il arriva un grand changement à Québec. De Mésy tomba malade, et sentant sa fin approcher, il exprima le désir de se réconcilier avec son ancien ami Laval. Il se fit donc placer sur une litière et porter à la résidence de l'évêque. Aussitôt que les vœux du mourant lui furent connus, le prélat eut la générosité de lui pardonner toutes ses offenses passées, et le soigna jusqu'à sa mort.

De Mésy expira le 5 Mai 1665. Bientôt après, arrivèrent ceux qui avaient été nommés pour lui faire subir son procès ; mais il était trop tard, et l'on ne s'occupa plus davantage des disputes de l'évêque et du gouverneur qui venait de mourir.

CHAPITRE XXIV.

Le Marquis de Tracy se prépare à châtier les Iroquois.

119. Tandis que les disputes continuaient à Québec au sujet de la traite des boissons fortes, les autres embarras de la colonie ne faisaient que s'aggraver. Quoique la conduite héroïque de Dollard eût, pour le moment, décidé les Iroquois à se retirer, ces farouches ennemis se remirent bientôt à envoyer leurs partis de

guerre comme auparavant. La seule question réelle semblait être de savoir quand il leur plairait de faire l'attaque décisive. Du temps de d'Argenson, nous l'avons déjà dit, "on ne pouvait rien voir entre Tadoussac et Montréal, que traces de dévastation et massacres."

Le gouverneur qui vint après d'Argenson, M. d'Avaugour amena avec lui un corps de 400 soldats, dont l'arrivée causa beaucoup de joie. Néanmoins, le mieux que pussent faire les Français, à leurs différentes stations, c'était tout simplement de se maintenir sur leur terrain.

La condition de la colonie entière devint de jour en jour plus critique, au point que tout le monde voyait sa ruine imminente.

120. Sur ces entrefaites, en 1662, le roi résolut de prendre des mesures en faveur de la Nouvelle-France. Le pouvoir de la Compagnie des Associés lui fut retiré, et il fut pourvu à une autre sorte de gouvernement.

Il fut aussi nommé un *vice-roi*, le Marquis de Tracy, pour aller régler toutes les affaires du Canada. Il devait mettre un terme aux disputes qu'engendrait la traite des boissons enivrantes, et surtout délivrer la colonie de ses redoutables ennemis, les Iroquois. De Tracy, cependant, n'arriva au Canada qu'en 1665.

121. Avec lui vinrent le nouveau gouverneur, M. de Courcelle, ainsi que M. Talon. Ce dernier avait le titre et la charge d'Intendant Royal.

Pour délivrer le pays des Iroquois, le roi envoya près de 1200 hommes de nouvelles troupes. Ces hommes formaient un corps fameux qui se nommait le *Régiment de Carignan*. Quelques uns arrivèrent et débarquèrent en même temps que de Tracy et de Courcelle. Les autres vinrent dans le cours de la belle saison.

122. De Tracy et de Courcelle étaient tous deux des officiers qui avaient servi longtemps dans les armées du roi en Europe. Inutile de dire combien les habitants durent être émerveillés en voyant le vice-roi, le gou-

5

verneur, les officiers et soldats faire leur entrée dans Québec, au son des tambours et des trompettes. On rapporte que plusieurs pages en costumes brillants marchaient en avant du vice-roi. Il y avait aussi 12 chevaux.

123. De Tracy ne perdit pas de temps à commencer ses préparatifs. Il envoya des officiers et des hommes remonter en bateaux le cours du St. Laurent, avec ordre d'élever des forts sur les rives du Richelieu. L'un de ces forts, près de l'embouchure de la rivière, reçut le nom de *Sorel*. Un autre fut appelé le fort *Chambly*. Plus tard, en remontant la rivière, on en construisit un troisième à l'endroit aujourd'hui désigné sous le nom de *St. John*. Sorel et Chambly étaient les noms de deux officiers du régiment de Carignan.

Ainsi ces trois places devinrent des postes susceptibles de servir de dépôts d'hommes, de provisions et de toutes choses nécessaires pour entrer immédiatement en campagne contre les Iroquois. Avant l'hiver, la construction des forts était suffisamment achevée pour permettre aux soldats de s'y loger et de s'y défendre contre un ennemi.

124. Déjà trois des six tribus iroquoises commençaient à s'alarmer. Elles envoyèrent des députés à Québec, avec mission de solliciter la paix. De Tracy les reçut avec courtoisie et les renvoya chargés de présents.

Les Mohawks, ou Agniers, et les Oneidas n'envoyèrent pas de députés.

CHAPITRE XXV.

De Tracy marche contre les Iroquois et châtie les Mohawks.

125. Le temps était venu de punir les Iroquois de la conduite qu'ils tenaient depuis plus de 30 ans. Les Mohawks et les Oneidas avaient été de beaucoup les plus hostiles et les plus cruels, c'est donc par eux que le vice-roi proposa de commencer.

Au printemps de 1666, il partit en suivant la route des Trois-Rivières et des forts du Richelieu. Il avait avec lui 1300 soldats, non-compris les Canadiens et les Sauvages.

Pour arriver au pays des Mohawks, il fallait traverser le lac Champlain, et de là pousser jusqu'au lac George, désigné alors sous le nom de *Lac St. Sacrement.* Ensuite il y avait à faire une marche longue et difficile à travers des bois, des marais et des rivières.

Quoique âgé de plus de 70 ans, le vice-roi voulut aller avec les troupes. De Courcelle commandait lui-même.

126. La saison était fort avancée lorsqu'on parvint aux villages ou cantons des Mohawks. Les Français espéraient que ces barbares tiendraient tête et se battraient, mais loin de là, à l'approche des troupes, ils s'enfuirent dans les bois.

On fit quelques prisonniers, et l'on trouva d'immenses quantités de maïs et autres provisions, sur lesquels l'ennemi comptait pour vivre l'hiver suivant. De Tracy fit tout brûler ainsi que les habitations.

Quand l'œuvre de destruction fut consommée, il fut proposé de marcher sur les villages des Oneidas ; mais on était alors à la fin d'Octobre et le temps pressait de retourner au Canada. Le vice-roi envoya donc un message aux Oneidas par un de ses prisonniers. Il les prévenait que l'armée française viendrait chez eux prochainement et qu'elle leur infligerait la même punition qu'aux Mohawks.

Après une marche des plus pénibles pour regagner la colonie, on atteignit sans encombre les forts du Richelieu et Québec.

127. Ce fut pour les Mohawks une punition bien rude que la perte de leurs habitations et de leurs provisions d'hiver. Il en mourut un grand nombre de froid et de faim.

128. Après avoir ainsi châtié les Iroquois, et mis en ordre les affaires du Canada, de Tracy reprit la route de France en 1667.

Un grand nombre d'officiers et d'hommes du régiment de Carignan obtinrent de rester et de se fixer au Canada.   Le roi voulut qu'il leur fût donné des terres, de l'argent et des provisions pour commencer.   Les soldats devinrent les maris des femmes que la France fit passer dans la colonie.

CHAPITRE XXVI.

Le Comte de Frontenac.—Découverte du Mississippi.

129. Après de Courcelles, vint un des plus fameux gouverneurs du Canada, le Comte de Frontenac.

Frontenac fut deux fois gouverneur; la première fois en 1672, et la seconde en 1689. Son premier gouvernement dura de 1672 à 1682. Dans cet intervale de temps, on apprit à beaucoup mieux connaître les tribus indiennes de l'ouest et les régions qu'elles habitaient. Les hommes qui contribuèrent avec le plus de succès à amener ces résultats furent Nicolas Perrot, M. Joliet, le Père Marquette et Robert de la Salle.

130. Perrot alla chez les tribus lointaines dont il apprit les langues respectives avec facilité. Il obtint une immense influence sur ces peuplades et rendit de très-grands services aux gouverneurs, non-seulement en empêchant les tribus de prendre parti contre les Français, mais encore en les gagnant à ces derniers, comme amies et alliées.

131. M. Joliet était fils d'un marchand de Québec. Lui et Marquette passèrent au-delà de la région des lacs dans le but de découvir la grande rivière dont les eaux, disait-on, se dirigeaient vers le sud.

Ils la trouvèrent en effet—c'était le *Mississipi*—et ils en descendirent le cours jusqu'à l'endroit où la rivière Archansas se jette dans le grand fleuve. Quelques années après, Robert de la Salle descendit le Mississipi jusqu'au golfe du Mexique.

Quand vint le printemps, les Mohawks et les Onéidas se trouvèrent bien aises de demander la paix. Le Vice-roi la leur accorda, et elle dura environ 18 ans.

132. De la Salle était venu au Canada pour y chercher un passage aux Indes orientales et à la Chine. Mais, changeant d'idée, il se mit à la recherche du cours du Mississipi. Ce fut lui qui, le premier, navigua sur les lacs Ontario, Erié, Huron et Michigan, au moyen de petits bâtiments qu'il avait fait construire pour cette fin.

Ce fut aussi de la Salle qui donna le nom de Louisiane à la région que traverse le cours du Mississipi.

133. Frontenac encouragea les découvertes dont nous venons de faire mention. Il avait à cœur d'assurer aux Français le trafic exclusif des Indiens de l'ouest. Sous ce rapport, il réussit assez bien.

134. Mais à Québec, il se montrait très-hautain et très-dur à l'égard de l'évêque et de l'intendant royal, tous deux membres, comme le gouverneur lui-même, du Conseil Suprême par lequel fut administré le Canada, après 1663. Lorsque Frontenac ne pouvait pas les amener à se ranger de son avis, il lui arrivait par fois de donner libre cours à des paroles très-offensantes.

Une des causes de mésintelligence était la traite de l'eau-de-vie. Finalement, en 1682, le roi rappela Frontenac. A peine était-il parti, que les tribus indiennes de l'ouest et les Iroquois donnèrent des signes de dispositions hostiles, signes qui, au bout de deux ans, se traduisirent par une guerre ouverte.

CHAPITRE XXVII.

Chefs indiens arrêtés et envoyés pour servir en France sur les galères du Roi.—De Denonville attaque les Sénécas.—Kondiaronk.

135. Pendant 18 ans, à dater du départ de M. de Tracy, le Canada eut la paix, une paix nominale, du moins. Pendant les 12 années suivantes, il fut le théâtre de guerres et de massacres plus épouvantables que

jamais.   Frontenac eut pour successeur M. de la Barre d'abord, et ensuite M. de Denonville.   Jusqu'à l'année 1689, les affaires parurent empirer de plus en plus, cette année là, alors que tout le monde voyait la colonie à la veille de sa ruine, la cour de France y envoya de nouveau Frontenac.   Quoique alors bien vieux, Frontenac était le seul homme que l'on croyait capable de sauver le pays.

Nous croyons nécessaire de faire ici à nos jeunes lecteurs le récit de plusieurs événements aussi étranges que lamentables arrivés avant le retour du vieux comte de Frontenac au Canada.

136. Le roi de France avait exprimé le désir qu'on lui envoyât quelques Indiens robustes pour servir à bord de ses galères.   Les galères étaient quelque chose comme les pontons ou prisons flottantes d'Angleterre. Des hommes y travaillaient chargés de chaînes : c'étaient des criminels condamnés à y passer misérablement leurs jours, loin du reste des humains.   Ce n'étaient certainement point là des compagnons qui convenaient à des guerriers indiens, accoutumés à une vie libre, à la chasse comme à la guerre, dans les forêts de l'Amérique du Nord.

De Denonville, alors Gouverneur du Canada, se mit en devoir de se procurer les Indiens destinés aux galères du roi.

Il dit aux missionnaires Jésuites Lamberville et Milet de décider les chefs Iroquois à se rendre au fort Cataracoui dans le but de s'aboucher avec lui.   Il fit valoir divers prétextes : la nécessité de traiter de la paix, de maintenir des relations amicales, et d'ajuster les différends relatifs aux cantons de chasse et au trafic d'échange avec les tribus de l'ouest.

Ce qui se passa à Cataracoui est presque trop infâme pour être cru.   Les chefs iroquois, confiants dans l'honneur de Denonville, se présentèrent au rendez-vous.   A peine arrivés, ils furent saisis, garottés et envoyés à Québec.   Là, on les jeta à fond de cale et on les transporta en France, où ils se virent contraints à travailler enchaînés comme des malfaiteurs et des esclaves, à bord des galères royales.

Par la suite, les tribus Iroquoises vinrent à savoir de quelle façon on avait traité leurs guerriers. Elles en furent tellement exaspérées qu'elles jurèrent de se venger des Français. Les deux missionnaires qui avaient bien insciemment, pris part à cette affaire, coururent grand risque d'être torturés et mis à mort. Ils furent épargnés pourtant, parce qu'ils étaient prêtres et qu'ils comptaient des amis parmi les Iroquois. Milet fut sauvé au moment même où on l'emmenait pour le mettre à la torture. Cette arrestation des guerriers envoyés en France, fut suivie de celle de beaucoup d'autres qu'on retint captifs à Cataracoui, Montréal et Québec.

137. Une autre mesure que prit de Denonville acheva de mettre le comble à l'irritation des Iroquois. A la tête de 2000 hommes, il alla traverser le lac Ontario, d'où il se mit en marche contre la nation Iroquoise la plus éloignée, celle des Sénécas. Les Indiens lui opposèrent quelque résistance, et il se livra un engagement dans lequel les Sénécas furent battus. Puis, leurs villages furent brûlés et leurs récoltes entièrement détruites. Aussi, périrent-ils en grand nombre de misère et de faim.

Les Iroquois s'émurent du malheur des Sénécas. Ils envoyèrent à Québec des députés chargés de solliciter la paix, tout en demandant néanmoins qu'on leur remit leurs guerriers captifs. Ils cherchèrent de plus à obtenir en faveur des Sénécas quelque satisfaction pour le mal qu'on leur avait causé. Denonville promit de leur accorder la paix et de rendre les guerriers.

138. Bientôt un incident fort étrange vint couper court à tout espoir d'arriver à un arrangement.

Il y avait chez les Hurons un chef nommé *Kondiaronk.*—Cet homme haïssait dans son cœur les Français aussi bien que les Iroquois. Dès qu'il sut que les députés s'en retournaient chez eux par la voie du lac Ontario, après avoir vu le Gouverneur au sujet de la paix, il alla s'embusquer à un endroit où ils devaient passer, et fondant sur eux avec ses guerriers, il en tua plusieurs. Les Iroquois ayant représenté qu'ils étaient de simples députés qui s'en retournaient dans leurs bourgades pour y donner connaissance de la décision du gouverneur, Kondiaronk leur répondit qu'il ne savait pas cela ; il dit même que c'était le Gouverneur en personne qui lui avait ordonné de les attaquer. Après quoi, il fit relâcher le reste des députés qui continuèrent leur route. Ceux-ci informèrent en arrivant leurs tribus de la prétendue mauvaise foi du Gouverneur qui, après avoir acquiescé à des conditions de paix, avait envoyé des Hurons pour les tuer en route. L'objet de Kondiaronk était d'empêcher toute réconciliation entre les Iroquois et les Français. Cette manœuvre lui réussit bien, car dès ce moment, les Iroquois résolurent de ne plus vouloir entendre parler de paix avec les Français.

Kondiaronk était un homme très rusé. Au moyen de divers artifices, il parvint à entretenir des sentiments de défiance réciproque entre les Français et les Iroquois. Au demeurant, il était tenu en haute considération pour sa merveilleuse éloquence et ses qualités guerrières. Ce fut, dit-on, le plus remarquable de tous les chefs sauvages de l'Amérique du Nord.

139. Les trois causes dont il a été parlé dans ce chapitre,—la capture des guerriers Iroquois—l'attaque effectuée contre les Sénécas, et la conduite de Kondiaronk—firent du Canada le théâtre de scènes de carnage qui durèrent bien des années.

Nous devons encore dire ici que les colons anglais étaient pour les Iroquois dont ils prétendaient être les amis et les protecteurs, ainsi qu'ils se donnaient pour les propriétaires du territoire occupé par ces sauvages. Ils conseillèrent donc aux Iroquois de faire la guerre aux Français pour se venger du traitement qu'ils en avaient reçu. De plus, la France et l'Angleterre étant en guerre elles-mêmes, cette raison inspirait aux colons américains des deux puissances des sentiments d'hostilité plus acharnés. Nous verrons, par ce qui sera raconté dans les quelques chapitres suivants les tristes conséquences produites par les événements que nous venons de décrire.

CHAPITRE XXVIII.

Massacre de Lachine.

140. En 1688, et dans la première partie de 1689, les guerriers Iroquois, semblables à des animaux carnassiers, déployaient une grande activité toutes les fois qu'il se présentait une occasion de tomber sur les colons français. Tantôt des bandes en canots se tenaient en embuscade sur le lac Ontario et tout le long de la route jusqu'aux Trois-Rivières; tantôt elles rôdaient autour des établissements, à la lisière des bois, épiant le moment où les habitants oseraient se montrer. Les places fortifiées sur le Richelieu, comme St. Jean et Chambly, étaient investies. Des troupes considérables d'un ou deux cents guerriers chaque, s'avançaient jusqu'aux bouches de la rivière Outaouais. Les colons établis sur l'île de Montréal avaient toujours à se tenir sur leurs gardes. Ils trouvaient bien difficile d'échapper au danger d'être tués et scalpés, ou d'empêcher que leurs bâtiments fussent brûlés. Dans la plupart des seigneuries, on avait dû préparer des redoutes ou *blockhaus* pour servir de refuge à la population et au bétail. C'est là qu'on allait se retirer toutes les fois qu'on était menacé d'une attaque soudaine.

A la même époque, les plus fidèles alliés des Français, les Abénaquis, levaient des partis de guerre pour marcher contre les colons Anglais, et livrer combat aux détachements isolés des Iroquois. En somme, le Canada et les établissements extérieurs des Anglais étaient plongés dans un état affreux d'alarme et de carnage.

Cependant, au printemps et dans le cours de l'été de 1689, les guerriers Iroquois semblaient être devenus moins actifs, et bien que personne n'en pût savoir la raison, il y eut un temps d'arrêt dans cette lutte atroce.

Malheureusement, l'expérience prouva que ce n'était que cette sorte de calme qui précède la tempête. Trompés par l'apparence, les habitants des divers établissements du St. Laurent, et surtout ceux de l'île de Montréal, se relâchèrent de leur vigilance. Ce qui arriva alors, on ne l'oubliera jamais au Canada.

141. Tout reposait dans l'île de Montréal, quand le soleil éclaira de ses premières lueurs la journée du 5 août 1689. Les habitants de Ville-Marie, de Lachine et des défrichements voisins ne pressentaient aucun péril imminent. Ils passèrent cette journée-là au milieu de leurs riants champs de blé, et dans l'heureuse ignorance du malheur qui devait les frapper. Aux approches de la nuit, ils jugèrent inutile de poster des sentinelles. Bientôt survint un orage accompagné de grêle et de pluie, pendant lequel toute la population reposait endormie.

Cependant, le 6, avant qu'il fît jour, plus de 1200 Iroquois altérés de sang débarquèrent près de Lachine à l'extrémité supérieure de l'île. Ils avaient traversé en canots le lac St. Louis, de l'autre côté duquel ils s'étaient tenus cachés le jour précédent. Tous se placèrent en silence autour des habitations, et, à un signal donné, ils brisèrent les portes et les fenêtres à coups de haches. Les habitants livrés au sommeil, hommes, femmes et enfants, furent tués dans la même position qu'ils furent trouvés, ou arrachés de leurs lits pour être coupés par morceaux et torturés dehors. Lorsque les sauvages ne pouvaient s'ouvrir un chemin dans les maisons, ils y mettaient le feu. Au fur et à mesure que les Français sortaient presque nus pour échapper aux flammes, ils tombaient entre les mains de leurs cruels meurtriers. Les uns étaient sabrés, d'autres rejetés dans le feu et un grand nombre gardés pour la torture. Il en périt au moins deux cents dans les flammes.   Quand vint le jour, les habitations et les récoltes n'étaient plus que des monceaux de cendres. Le sol était couvert de sang, et des membres humains gisaient çà et là jusqu'à proximité d'un ou deux milles de Ville-Marie.

Ceux des habitants qui purent le faire, s'enfuirent aussi vite que possible loin de cette scène de carnage. Le coup tomba si soudainement sur le peuple de l'île, que les habitants des autres parties du pays parurent avoir perdu l'esprit à la nouvelle de ce qui se passait.

Durant plusieurs semaines après, les Iroquois gardèrent possession de l'île. Ceux qui restaient des habitants se tinrent renfermés dans leurs forts, sans s'aventurer à sortir pour combattre.   Le gouverneur lui-même défendit expressément de risquer une bataille avec les Iroquois.   Ces sauvages continuèrent donc à dévaster les habitations pendant environ dix semaines. Ils s'amusèrent à torturer leurs captifs et à envoyer des partis tuer les gens des établissements situés à leur portée.   Ce n'est que grâce à l'artillerie et aux armes à feu qu'on les contraignit à se tenir à distance des forts.

Vers la mi-octobre, comme l'hiver approchait, les Iroquois commencèrent à évacuer l'île.

Tel fut l'épouvantable événement connu dans l'histoire du Canada sous le nom de " *Massacre de Lachine.*" On l'appela ainsi parce que c'est dans le voisinage de Lachine que se fit l'attaque principale et qu'il y eut le plus de carnage.

142. Pendant ce temps-là, de Denonville ne fit rien ou ne put rien faire pour soulager les souffrances des malheureux.   D'ailleurs, il avait déjà été rappelé, et le comte de Frontenac nommé gouverneur à sa place.

Frontenac arriva à Québec environ une quinzaine après le massacre.   Grande fut la joie du peuple à son retour.   Il n'amena pas beaucoup de troupes avec lui, le roi de France ayant dit qu'il avait besoin de tous ses soldats pour la guerre qu'il soutenait en Europe.

Le brave vieillard ne perdit pas de temps à remonter le fleuve jusqu'à Montréal, afin de voir ce qu'on pouvait faire pour la protection de ses habitants. Cependant, la dernière des bandes iroquoises en était partie lorsqu'il arriva. L'île, autrefois si belle, n'offrait plus qu'un aspect de ruines et de désolation.

CHAPITRE XXIX.

"La Petite Guerre."—Massacres aux établissements Anglais.

143. Le retour de Frontenac ranima les espérances du peuple. Il fallait de toute nécessité faire quelque chose sur-le-champ pour sauver la colonie. Mais le gouverneur avait trop peu de soldats pour mettre aucun grand projet à exécution. Il conçut donc le plan de faire du mal à l'ennemi au moyen de ce que les Français appelaient "la petite guerre," et qui consistait à envoyer des bandes canadiennes et sauvages se battre derrière les arbres et les buissons de la forêt et fondre à l'improviste sur les établissements dont les habitants n'étaient pas sur leurs gardes. Parfois, ce n'était qu'une alarme. Mais le plus souvent, il y avait des gens tués et scalpés, des prisonniers, des maisons et des récoltes brûlées, du bétail enlevé. Après avoir fait tout le mal possible dans un endroit, les envahisseurs se hâtaient de regagner leurs foyers ou de se porter sur d'autres places pour faire la même chose. Frontenac, disons-nous, résolut d'adopter ce genre de guerre contre les colons anglais pendant l'hiver de 1689.

144. On leva trois partis de guerre. L'un devait marcher contre les établissements anglais de l'Hudson. Un second devait envahir la région connue maintenant sous le nom de Nouveau-Hampshire. Le troisième, qui était le plus fort, devait opérer sur tout le pays compris entre la rivière Chaudière et la côte maritime, à la Baie de Casco.

Nous ne parlerons ici que des particularités du premier mouvement—celui qui se fit contre les Anglais
de l'Hudson.

Vers la fin de janvier, deux cents hommes environ,
tant Français que Sauvages, quittèrent Montréal par
la route du Richelieu et des lacs Champlain et St.
Sacrement. De là, ils poursuivirent leur marche dans
la direction de la rivière Hudson. Voyageant en
raquettes à travers marécages et forêts, ils souffrirent

Chevelure.

beaucoup du froid et de la faim. Enfin, ils arrivèrent
presque épuisés à proximité d'un bourg appelé *Corlaër*,
et nommé depuis *Schenectady*. Le besoin de nourriture
et l'intensité du froid les auraient forcés à demander
secours à ceux qu'ils venaient attaquer ; mais il faisait
nuit, et les habitants ne craignant aucun mal, étaient
allés se reposer sans poster de sentinelle. Les Français
et les Indiens se précipitèrent dans la place. Après
avoir mis le feu aux maisons et tué un grand nombre
des habitants qui cherchaient à échapper aux flammes,
ils firent les autres prisonniers, au nombre d'environ
soixante personnes. Quant aux chevaux, bestiaux et
butin de toute sorte, tout fut saisi et enlevé. On trouva
environ trente Iroquois dans le bourg, et, pour leur
prouver que l'attaque n'était pas dirigée contre eux,

mais seulement contre les Anglais, les Français les
épargnèrent tous.

Une autre affaire à peu près semblable à celle de
Corlaër, eut lieu à un village appelé *Salmon Falls*.

145. Ces actes de cruauté eurent l'effet d'exciter la
colère de tous les colons de la Nouvelle-Angleterre. A
Boston, New-York et autres places principales, on
résolut de se venger en dirigeant une grande attaque
sur le Canada. Cette résolution amena le siége de
Québec, en 1690, par une flotte et une armée puissan-
tes, sous l'amiral Phipps, ainsi qu'on le verra dans le
chapitre qui suit.

CHAPITRE XXX.

Siége de Québec par l'Amiral Phipps en 1690.

46. Le 16 octobre 1690, une flotte de 35 vaisseaux,
portant 2000 soldats, faisait son apparition devant
Québec. L'objet pour lequel elle venait était de prendre la ville, et ainsi de porter le dernier coup à l'existence de la colonie Française du St. Laurent. L'amiral
Phipps, qui la commandait, envoya à terre un officier
porteur du message suivant, savoir : 1o "que la cruelle
conduite des colons français et des sauvages envers
leurs sujets avait forcé Guillaume et Marie d'Angleterre à expédier une flotte et une armée dans le but de
prévenir dorénavant le retour de semblables atrocités ;
2o que le Fort St. Louis et la ville, y compris tous les
habitants et leurs biens devaient être remis dans une
heure." Ce message fut lu à haute voix par l'officier
qui avait été amené au Fort, devant Frontenac et ses
officiers. Après lecture, l'officier anglais tira sa montre, et la tenant sous les yeux du gouverneur, il lui fit
observer qu'il était 10 heures, et qu'il attendrait une
réponse jusqu'à 11.

Tous les assistants furent indignés de l'audacieuse
conduite de l'officier. Frontenac répondit d'un air

sarcastique que le roi Guillaume était un usurpateur.
et que les Français, en attaquant les colons Anglais,.
n'avaient fait que combattre des gens en état de révolte
contre leur souverain légitime, Jacques II; quant à.
Phipps, c'était un homme dont la parole ne pouvait
inspirer aucune confiance.   Lorsque l'officier demanda
une réponse, Frontenac répliqua fièrement : " C'est par
la bouche de mes canons que je répondrai à votre
maître."   Sur ce, l'officier anglais s'en alla rejoindre
la flotte, et bientôt le feu commença.

Pendant huit jours, jusqu'au 24 octobre, le siége
continua.   Le canon de la flotte tira sur la cité, et des
troupes furent débarquées à l'embouchure de la rivière
St. Charles.   Mais les vaisseaux de l'amiral souffrirent
plus du feu de l'artillerie de Frontenac qu'ils ne purent
causer de dommages à la ville.   Les troupes débarquées sur les bords de la rivière St. Charles furent
reçues par la milice canadienne qu'on avait fait venir
de Montréal et des Trois-Rivières.   Frontenac tenait
sous sa main les soldats réguliers, mais ils n'eurent
presque rien à faire.   Rangés en ordre de bataille sur
les pentes du promontoire qui domine la rivière St.
Charles, ils voyait au dessous d'eux les troupes anglaises et la milice canadienne en escarmouche parmi les
rocs et les broussailles.   Il n'y eut aucune bataille
réglée sur terre, mais les Anglais s'aperçurent qu'ils
ne pouvaient pas s'approcher de la ville de ce côté là.

Finalement, Phipps se retira avec sa flotte et les
troupes, après avoir perdu environ 600 hommes, tant
tués que blessés ; et, le 24 octobre, les habitants de
Québec voyaient le dernier des vaisseaux anglais descendre le fleuve et disparaître.   Inutile de dire que ce
spectacle fut pour eux un grand sujet de joie; ils
saluèrent leur vieux gouverneur du titre de " Sauveur
du pays."

Quelques semaines après, on apprit à Québec que
les vaisseaux de Phipps, assaillis par les tempêtes,
s'étaient pour la plupart perdus dans le golfe du St.
Laurent.

147. Nos jeunes lecteurs apprendront avec intérêt une ou deux autres particularités relatives au siége de Québec par l'amiral Phipps.

Un officier français nommé *Le Moine de Ste. Hélène*, pointa le canon qui le premier alla frapper le pavillon de l'amiral et l'abattit. Quelques jeunes Canadiens, le voyant flotter au gré du courant, se jetèrent à la nage pour l'aller chercher et le rapportèrent à terre, sans avoir essuyé aucun mal de la fusillade à laquelle ils avaient servi de point de mire. Ce drapeau fut placé dans l'église paroissiale où il resta suspendu jusqu'à ce que les Anglais l'eussent fait descendre, en 1759, époque à laquelle ils devinrent maîtres de la ville.

Ce même officier que nous venons de nommer comme ayant abattu le pavillon amiral, mourut des suites des blessures qu'il avait reçues pendant le siége. C'est lui qui commandait le corps de Français et de Sauvages au massacre de Corlaer ou Schenectady. C'était certainement un homme de très-grande bravoure; mais les avis sont partagés en ce qui concerne son mérite dans la part qu'il a prit cette épouvantable affaire.

En France, on reçut avec grande joie la nouvelle de la défense de Québec. Frontenac fut regardé comme un héros. Le roi ordonna qu'une médaille fût frappée en honneur de l'événement. On bâtit à la Basse-Ville une nouvelle église du nom de "*Notre-Dame de la Victoire*."

CHAPITRE XXXI.

Frontenac châtié les Iroquois.—Ses relations avec les Indiens.— Sa mort en 1698.

148. La guerre continuait entre la France et l'Angleterre. Les colons respectifs des deux puissances se maintenaient aussi en état d'hostilité active. Mais c'était surtout cette sorte d'hostilité dont nous avons déjà parlé sous le nom de *petite guerre*. Frontenac n'épargna rien pour gagner les Iroquois. Ainsi qu'on

l'a déjà dit, ils le craignaient. Cependant, il ne put réussir à les détacher du parti des Anglais, ni à obtenir leur neutralité. Encore moins put-il les décider à se joindre aux Français contre les colons Anglais. En même temps, il prit des mesures pour se faire autant d'amis que possible chez les tribus indiennes de l'ouest et en cela il réussit à souhait, car les sauvages le respectaient généralement à cause de sa noble conduite dans la défense du Canada. Frontenac, trouvant donc qu'il était impossible de gagner les Iroquois, et qu'ils ne voulaient pas cesser de maltraiter les tribus de l'ouest, amies des Français, résolut d'envahir leurs établissements.

149. 2000 hommes, soldats, miliciens et Sauvages furent rassemblés à l'île Perrot, au-dessus de Montréal. Des radeaux et des chaloupes furent préparés pour le transport des provisions et de tout ce dont on peut avoir besoin en temps de guerre. L'armée, avec ses approvisionnements, fut conduite, par voie du lac Ontario, à un lieu de débarquement situé à l'embouchure de la rivière *Chouagen*, aujourd'hui *Oswego*.

Quoique âgé de 76 ans, Frontenac commandait en personne. Il avait sous lui MM. de Callière et de Vaudreuil qui depuis devinrent gouverneurs. Dans les marches, il se faisait porter en litière, et lorsqu'il y avait des courants rapides à traverser, on le plaçait sur le dos d'un soldat robuste. Tracy avait attaqué les Mohawks, Denonville les Sénécas; cette fois c'était contre les Onondagas et les Oneidas que Frontenac conduisait ses hommes. Les Sauvages n'attendirent pas l'arrivée des Français pour combattre; mais ils s'enfuirent en toute hâte dans les forêts pour y trouver un refuge. Comme par le passé, les Français brûlèrent donc les villages et détruisirent les récoltes. Quand on eut fini de dévaster les établissements des Onondagas et des Oneidas, tout le monde s'attendait à ce qu'une attaque serait faite contre les Cayugas et les Mohawks. Mais le gouverneur modifia tout-à-coup ses plans et pensa qu'il n'était pas sans danger de

6

tenter trop dans une seule campagne. En conséquence
il donna ordre de faire retraite, et l'armée reprit la
route du St. Laurent.

L'expédition de Frontenac contre les Onondagas et
les Oneidas fut faite dans l'été de 1696. Elle eut pour
effet de rendre les Iroquois moins incommodes.

150. Dans le cours de l'année qui suivit l'attaque de
Frontenac contre les Iroquois, la paix fut conclue
entre l'Angleterre et la France. En conséquence, les
gouvernements respectifs des colonies Anglaises et
Françaises reçurent instructions de cesser les hostilités.

Mais les Iroquois ne se considérèrent nullement
comme engagés par les conditions agréées de part et
d'autre par la France et l'Angleterre. Ils prétendirent
être indépendants de l'une aussi bien que de l'autre.
Frontenac et le gouverneur Anglais essayèrent donc
encore de les attirer, chacun dans son parti.

151. Une des grandes préoccupations de Frontenac,
c'était d'encourager le trafic avec les tribus de l'ouest.
Les Anglais travaillaient dans le même sens, et les
Iroquois désiraient rester neutres et trafiquer avec
tout le monde.

La direction des affaires relatives aux Iroquois et
aux tribus de l'ouest donna toujours beaucoup de tra-
cas et de peine à Frontenac. Pourtant tous les chefs
l'admiraient. Malgré son grand âge, il prenait une
part active à leurs réunions, à leurs fêtes et à leurs
entretiens. Parfois même, se joignant à eux dans
leurs chansons de guerre et dans leurs danses, il imi-
tait leurs gestes et leurs cris. Inutile de dire que tout
cela plaisait fort aux sauvages.

Pendant la traversée qu'il fit pour venir de France,
en 1689, Frontenac amena avec lui plusieurs des chefs
jadis envoyés par Denonville aux galères du roi et
maintenant relâchés. Il les traita le long du voyage
avec une telle bienveillance que toujours depuis ils
parlèrent à leurs guerriers en faveur du gouverneur
et des siens. Un des chefs des Onondagas se nommait
Garakonthié. Il avait été en connaissance et en relations

avec Tracy, Courcelle, d'Avaugour, de la Barre et Frontenac qui faisait le plus bel éloge de son éloquence et de ses manières. Un autre chef fameux, le Huron *Kondiaronk*, dont le nom a déjà été mentionné, disait de Frontenac que c'était un des deux seuls Français avec qui il valait la peine d'avoir des rapports, à raison de leur belle intelligence et de leur noble caractère. Bref, aucun Français, depuis le temps de Champlain, ne fut tant prisé par les chefs indiens, Abénakis, Iroquois ou Hurons. Les chefs des tribus de l'ouest le regardaient aussi comme s'il était quelque chose de plus qu'un mortel.

152. Le Gouverneur Frontenac mourut à Québec le 28 novembre 1698, à l'âge de 78 ans. Son corps fut enseveli dans l'église des Récollets. Subséquemment, l'édifice ayant été consumé par l'incendie, ses restes furent transférés à l'église paroissiale française.

Quoique les habitants de la colonie le considérassent comme le sauveur du pays, c'était une homme très-hautain dans ses manières. Il était d'une excessive sévérité à l'égard de ceux qui ne partageaient pas son opinion, aussi eut-il des ennemis acharnés. La milice canadienne et les soldats avaient pour lui un attachement sans bornes. D'un seul mot, il pouvait produire sur eux un plus grand effet que d'autres avec de longs discours. Tous étaient enchantés de sa bravoure et de son activité. Dans sa manière de vivre, il visait à être, à Québec, ce que le roi Louis XIV était à Versailles.

CHAPITRE XXXII.

Fin de l'Age héroïque.—d'Iberville.—Grande assemblée tenue à Montréal au sujet de la paix.

153. A partir du temps de Champlain jusqu'à celui de Callière qui vint après le comte de Frontenac, les gouverneurs et le peuple du Canada furent presque toujours occupés à se battre pour la conservation même

de leur existence. Les gouverneurs étaient tous des soldats formés dans les armées du roi de France. Le peuple, naturellement brave, devait connaître le maniement des armes de guerre, comme la chasse, l'agriculture et le défrichement des forêts.

Cette période de notre histoire a été nommée *"l'Age héroïque du Canada."*

On peut dire qu'elle commença avec Champlain pour finir avec Frontenac et Callière.

154. De tous les Canadiens de l'âge héroïque pas un ne fut aussi renommé pour son courage et ses exploits que *Pierre Lemoine d'Iberville.* C'était un des sept fils de Charles Lemoine venu de France avec les premiers colons qui, sous la conduite de Maisonneuve, s'établirent sur l'île de Montréal.

Il était né à Ville-Marie, en 1661. A l'âge de 14 ans, il fut chargé par le gouverneur de la Barre d'aller porter des dépêches à la cour de France. Il entra ensuite, paraît-il, dans la marine française. On lit que, 15 ans plus tard, il servait à bord des vaisseaux de guerre français contre les Anglais, à la baie d'Hudson et sur les côtes de Terreneuve, de la Nouvelle-Ecosse et de la Nouvelle-Angleterre. L'Angleterre et la France étaient alors en guerre.

D'Iberville prit part à un grand nombre de batailles ainsi qu'à la prise de forts et de navires anglais. Un ou deux de ses frères et quelques Canadiens servaient sous lui. Après la paix, en 1697, il alla au golfe du Mexique explorer les bouches du Mississipi. Là, il éleva plusieurs forts et fonda la ville de Mobile. La Louisiane avait été fondée par la Salle, mais d'Iberville en fut le premier gouverneur.

Lorsque la guerre éclata de nouveau entre l'Angleterre et la France, d'Iberville fut envoyé avec une flotte de seize vaisseaux combattre les Anglais aux Indes Orientales. Mais en 1706, il mourut en mer d'une attaque de fièvre. On s'est accordé à dire que ce fut un des plus braves et plus habiles officiers de la marine française. Comme Canadien, on l'a jugé le plus grand des guerriers que le Canada ait vus naître. La plupart de ses frères se firent aussi un nom surtout par leurs faits d'armes dans ce que les Français appelaient "*La petite guerre*," dont nous avons parlé dans un chapitre précédent. Le frère aîné de d'Iberville était Seigneur de Longueuil. Ses descendants furent gouverneurs de Montréal et remplirent d'autres postes éminents au Canada.

155. Le Gouverneur, M. de Callière, suivit le même plan que le comte de Frontenac dans ses rapports avec les Indiens. Il s'efforça de décider les Iroquois à rompre avec les Anglais, et aussi à être en paix avec les Illinois et autres tribus de l'ouest, amis des Français. Vers cette époque, les Français avaient gagné à leur parti presque toutes les tribus Indiennes de la région des lacs et celles des vallées de l'Ohio et du Mississipi. Les Iroquois s'étaient querellés et battus avec une grande partie de ces peuplades. Quelques-unes se querellaient aussi entre elles, et beaucoup des guerriers d'une tribu tombés au pouvoir de ceux de l'autre étaient retenus en captivité.

Callière avait à cœur de conclure une paix générale et de faire rendre les captifs. Dans ce but, il parvint à convoquer une grande assemblée des guerriers Indiens. Cette assemblée se tint à Montréal en 1701; plus de 1200 chefs et guerriers y assistaient. Les réjouissances et les festins durèrent plusieurs jours. On prononça des discours, et il y eut échange de colliers de *wampum* et autres articles. Ensuite, on fuma le calumet de paix. Le gouverneur fuma le premier, puis vint le tour de ses principaux officiers et des différents chefs. En somme, ce fut une très-grande affaire dont la conclusion fut que tous convinrent de maintenir la paix et de rendre les captifs. Ces résolutions prirent plusieurs jours, et les réunions n'étaient pas arrivées à leur fin que Kondiaronk mourut. Le fameux chef Huron faisait une harangue, lorsque les assistants le virent pris d'une indisposition subite et tomber. Il ne vécut que peu d'heures après. Ses restes furent suivis jusqu'à la tombe par les officiers et soldats français, ainsi que par les guerriers indiens. Les Français le regrettèrent beaucoup; ils l'avaient surnommé "*le Rat*" à cause de son caractère rusé.

157. Le gouverneur de Callière mourut à Québec, en mai 1703. On ne dit rien de la cause de sa mort. A cette époque, il y avait beaucoup de maladies au Canada. De fait, pendant cinq ans, de 1701 à 1706, la *variole* et l'affection qu'on appelle *dyssenterie* y sévirent cruellement et firent de nombreuses victimes. En une seule année, de 1702 à 1703, ces maladies furent, dit-on, fatales à près d'un quart de la population de Québec. Les tribus Indiennes d'un bout à l'autre de l'Amérique du Nord en souffrirent aussi beaucoup dans le même temps.

CHAPITRE XXXIII.

Cinquante ans plus tard.

Après la période historique dont nous avons parlé sous le titre "d'*Age héroïque du Canada*," l'état des affaires fut un peu plus calme pendant environ cinquante ans. Mais ce serait fatiguer le jeune lecteur que de s'étendre sur toutes les particularités relatives à ce laps de temps. Dans ce chapitre et dans le chapitre suivant, nous nous contenterons donc de mentionner celles qui semblent les plus essentielles et les plus intéressantes.

Les scènes de désordre et de carnage étaient alors beaucoup moins communes. On ne voyait plus les guerriers iroquois se répandre dans les campagnes, et rôder, comme des loups affamés, autour des établissements. Le peuple pouvait aller cultiver ses terres sans avoir des soldats pour le garder. Autrefois, comme nous l'avons déjà fait connaître, le colon avait à emporter ses armes de guerre pour se rendre aux champs, de crainte d'attaques soudaines pendant qu'il

était au travail. On pouvait obtenir de meilleures
récoltes, parce que les hommes n'étaient plus requis
de marcher au combat. Autrefois, en leur absence,
c'étaient les femmes et les enfants qui avaient à s'occuper des travaux champêtres. Les dames mêmes,
femmes et filles d'hommes de noble naissance, étaient
souvent obligées de se livrer à ce genre de labeur. Si
elles ne l'avaient fait, beaucoup de familles auraient
péri faute de nourriture; car au temps des semailles
et au temps de la moisson, il arrivait souvent que tous
les hommes en état de porter les armes étaient absents
de leurs foyers. Depuis 1690, il n'y avait eu aucune
nouvelle attaque sur Québec. Une tentative faite en

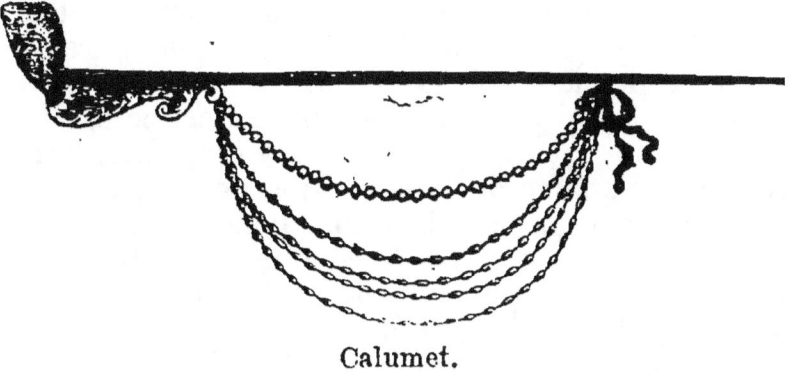

Calumet.

1710 par une flotte anglaise sous l'amiral Walker dans
le but de remonter le St. Laurent et de prendre la
ville, échoua complétement. Les tempêtes survenues
dans le golfe ruinèrent la flotte dont une partie se brisa
contre les rochers, et perdit un nombre considérable
d'hommes. En même temps, une armée sous les ordres
du général Nicholson se portait sur le Canada par voie
du lac Champlain; mais elle se retira aussi sans avoir
causé aucun mal à la colonie.

Après ces tentatives, les deux mères-patries firent la
paix en 1713, et alors le Canada jouit d'une tranquillité
continue pendant plus de 30 ans.

Les gouverneurs du pays, dans l'espace de ces 30
ans, furent le marquis de Vaudreuil jusqu'en 1725, et

le marquis de Beauharnais de 1725 à 1747 ; ce dernier fut suivi des gouverneurs *la Galissonnière*, *la Jonquière* et *Duquesne*. Le commencement de l'administration du marquis Duquesne date de 1752.

Durant cette période de temps, les Iroquois montrèrent des dispositions de plus en plus amicales envers les Français. On ne put, il est vrai, les décider à prendre ouvertement parti contre les colons anglais, mais ils demandèrent des missionnaires et prouvèrent par d'autres indices qu'ils étaient animés d'un bon esprit. Parfois, des Français même devinrent membres de leurs tribus et vécurent au milieu d'elles en se conformant à leurs usages et à leur genre de vie. Ceux qui étaient ainsi adoptés ne manquaient pas de chercher à leur persuader de favoriser les colons français de préférence aux colons anglais.

Un des cas d'adoption les plus curieux est celui du prêtre Milet, le même qui, avec Lamberville, fut impliqué dans l'affaire de l'arrestation des chefs Iroquois par Denonville. Les Iroquois avaient résolu de le torturer et de le tuer. On le conduisait au lieu du supplice lorsqu'une Iroquoise de plus de 80 ans s'avança. Elle déclara qu'il fallait que Milet fût épargné pour devenir son neveu adoptif, en remplacement de celui qui avait été tué. Conformément à la coutume indienne, sa demande fut agréée, et Milet fut ainsi sauvé d'une mort douloureuse. Il passa le reste de ses jours avec les sauvages qu'il s'efforça d'instruire dans la religion, sans oublier non plus de les bien disposer en faveur des Français. Il reste à conter un épisode remarquable de cette histoire. Milet vécut peut-être encore une vingtaine d'années, mais l'Iroquoise vécut beaucoup plus longtemps. Vers 1742, sous le Gouverneur Beauharnois, alors qu'elle avait atteint l'âge avancé de 138 ans, elle vint à Québec, en visite. Son extrême vieillesse, aussi bien que sa conduite passée et son histoire, la firent traiter avec la plus grande bonté et le plus profond respect. Après avoir vu le gouverneur et d'autres personnes notables, elle alla aux Ursulines.

Les Dames religieuses furent enchantées de converser avec elle, parce qu'elle vivait au temps où la fondatrice et la première Dame Supérieure de leur couvent étaient venues se fixer au Canada. Tous les événements de ces premiers temps lui étaient familiers. Comme elle était chrétienne, peut-être tenait-elle tout ce qu'elle savait de la bouche des missionnaires qui avaient visité les Iroquois, ainsi que de celle des guerriers qui avaient eux-mêmes été à Québec. Peut-être aussi y était-elle déjà venue elle-même. Quoi qu'il en soit, il faut qu'elle ait été en état de causer avec les Ursulines, de Champlain, de Madame de la Peltrie, de Marie de l'Incarnation et des fameux missionnaires Isaac Jogues, Simon Lemoine, Lamberville et Milet. Ces détails doivent avoir été particulièrement agréables aux Ursulines qui, sans aucun doute, la questionnèrent sur les événements intéressants du temps des Tracy, des Courcelles, des Denonville, des Frontenac et des Callières, qui tous avaient eu beaucoup à faire avec les Iroquois. On ignore aujourd'hui ce que devint plus tard cette vieille femme.

160. Sous l'administration des cinq gouverneurs mentionnés dans ce chapitre, il y avait surtout deux points sur lesquels les colons Anglais et les colons Français ne s'accordaient pas, et qui furent pendant longtemps des causes de jalousie et de sentiments de malveillance réciproques. Nous expliquerons dans le chapitre suivant quelles étaient ces causes de malheur.

CHAPITRE XXXIV.

Les colons Anglais et les colons Français revendiquent à la fois la vallée de l'Ohio.

161. En premier lieu, les Anglais et les Français prétendaient, les uns comme les autres, être les propriétaires du vaste et magnifique territoire que traverse le cours de la rivière Ohio, et que les Français nom-

maient alors la *Belle-Rivière*. Les Anglais disaient que cette région, *la vallée de l'Ohio*, était une portion de leur colonie, la *Virginie*, et les Français, au contraire, niaient qu'il en fût ainsi, puisque le territoire Anglais ne s'étendait pas vers l'ouest au delà des monts Alléghanys. Pour appuyer leurs prétentions, ils avaient construit une ligne de forts, ou de postes de trafic, à partir de la rive sud du lac Erié et le long d'une petite rivière connue sous le nom de rivière *Beef* ou rivière française, dont les eaux se déversaient dans l'Ohio à un endroit où ils élevèrent un fort du nom de *Venaugo*. Le jeune lecteur devra consulter la carte au sujet de ces divers endroits.

Plus tard, les Français bâtirent, un peu plus bas sur l'Ohio, et près du lieu où la rivière Monongahela s'y jette, un autre fort nommé le fort Duquesne, depuis, Pittsburg.

Défense était alors faite aux Anglais de s'avancer à l'ouest au delà des Monts Alléghanys. Mais leurs trafiquants ne tenant nul compte de la défense, on leur enjoignait de se retirer, ou bien on les arrêtait et leurs marchandises étaient saisies. De leur côté, les Anglais expédiaient des troupes chargées de protéger les commerçants et de sommer les Français d'avoir à s'éloigner. Il était aisé de voir qu'un pareil état de choses aboutirait à quelque conflit sanglant.

Les querelles et les jalousies avaient pour seconde cause le trafic avec les tribus de l'ouest. Les Anglais établirent des lignes de défense ou redoutes depuis la rivière Hudson jusque vers la rive sud du lac Ontario où ils avaient un poste fortifié appelé *Chouagen*, depuis *Oswego*. Mais pour arrêter tout trafic entre les Anglais et les Indiens de l'ouest, les Français avaient le fort Frontenac ou Cataracoui (Kingston) sur la rive nord du même lac Ontario. Ils avaient beaucoup d'autres postes situés à différents points plus reculés vers l'ouest. Les colons Anglais et les colons Français ne cessaient de chercher à enchérir les uns sur les autres dans les achats de fourrures qu'ils faisaient aux chas-

seurs indiens, et à gagner les tribus à leur parti respec-
tif. Les Français, grâce à leurs missionnaires, étaient
ceux qui gagnaient le plus de faveur auprès des tribus
sauvages. A peine les Anglais pouvaient-ils empêcher
les Iroquois de ne plus être leurs alliés. Tel était l'état
des affaires, lorsque les colons en vinrent aux mains,
sur les bords de l'Ohio. Chaque parti envoya alors des
corps de troupes considérables combattre au sujet des
territoires en litige. Plus tard, les deux mères-patries
se mêlèrent à ce conflit qui amena de graves événements
et finit par la ruine de la Nouvelle-France.

CHAPITRE XXXV.

Washington et Jumonville.—Le Fort Nécessité.—Le Capitaine
Robert Stobo.

163. En 1753, un jeune major des milices de la Virginie fut envoyé dans la vallée de l'Ohio. C'était George
Washington qui depuis fut le premier président des
Etats-Unis. Washington avait pour instructions d'exi-
ger des Français l'évacuation de la vallée de l'Ohio, et
de se mettre à la recherche d'endroits où il serait bon
d'avoir des forts. Après avoir fait choix d'une place
qui lui parut bonne, il reprit la route de la Virginie.
L'année suivante, lorsqu'il revint avec un corps de
troupes considérable, il trouva que la place choisie par
lui était déjà occupée par les Français. C'était celle
dont nous avons parlé dans le chapitre précédent comme
servant de site au fort Duquesne. Washington pensait
que c'était le meilleur endroit où l'on pût établir un
poste destiné à empêcher l'ennemi de pénétrer par le
nord dans la vallée de l'Ohio. Cependant, comme les
Français en avaient pris possession, il revint un peu
sur ses pas en suivant la rive de la Monongahéla et
bâtit le Fort Nécessité.

164. A une époque plus avancée de la même année
1754, un détachement de milices françaises stationnées

au fort Duquesne, et commandé par un jeune officier nommé Jumonville, traversait la forêt dans le but de chercher à parlementer avec les Anglais et de les sommer de se retirer.

Le 18 mai, de grand matin, Jumonville et ses hommes se virent cernés par les troupes du major Washington. Jumonville s'avançait pour présenter son message, lorsque les hommes de Washington firent feu. Le capitaine français fut tué avec neuf des siens, et tous les autres furent fait prisonniers, à l'exception d'un seul qui se sauva et vint apporter au fort Duquesne la nouvelle de l'affaire. Les Français déclarèrent que Washington avait commandé à ses hommes de faire feu.

165. M. de Contrecœur, qui commandait au fort Duquesne, et M. de Villiers, frère de Jumonville, qui s'y trouvait aussi, dirent que c'était un assassinat. Villiers fut chargé d'aller avec 700 hommes, tant Canadiens que sauvages, venger la mort de son frère. Arrivé sous le fort Nécessité, à la fin du juin, il le fit investir par ses troupes qui, abritées derrière les arbres de la forêt, se mirent à faire pleuvoir de toutes parts une grêle de balles sur les assiégés. Après un combat acharné de 10 heures, Washington vit que son poste n'était pas tenable, vu que le terrain du fort était moins élevé que celui d'où combattait l'ennemi. Il avait perdu 90 hommes. Il capitula donc. Lui et ses miliciens devinrent prisonniers de guerre; mais la liberté leur fut accordée, à condition qu'ils quitteraient le territoire.

166. On fit grand bruit en Europe et en Amérique, à propos des deux affaires que nous venons de raconter. Les Anglais dirent que la mort de Jumonville était le résultat de sa témérité et la faute de ceux qui l'avaient chargé d'une pareille mission. Les Français nièrent l'assertion, et continuèrent à traiter l'affaire de guet-à-pens. Les Anglais blâmèrent aussi les Français d'avoir attaqué le fort Nécessité, et ne voulurent point admettre que les conditions acceptées par Washington devaient être observées. Quoique l'Angleterre et la

France fussent alors en paix, ces deux puissances envoyèrent des troupes en Amérique pour donner main-forte à leurs colons respectifs.

167. Après la prise du fort Nécessité, de Villiers demanda au major Washington deux ôtages que les Français retiendraient comme garantie que les termes de la capitulation seraient fidèlement observés. L'un des deux était le *Capitaine Robert Stobo*. Il fut logé pendant quelque temps au fort Duquesne d'où on le transféra à Québec. On verra que Stobo ne se considérait pas comme engagé par les règles d'honneur que suivent généralement les ôtages, tout le temps qu'ils restent entre les mains de l'ennemi.

CHAPITRE XXXVI.

Il e Général Braddock et M. de Beaujeu.—L'ôtage Robert Stobo condamné à mort.

168. L'Angleterre et la France, sans s'être déclaré la guerre, faisaient l'une et l'autre des préparatifs et envoyaient des troupes en Amérique.

Les forces anglaises étaient sous les ordres du général Braddock, officier plein de bravoure, mais tout-à-fait incapable de conduire des opérations militaires contre la milice canadienne et des sauvages habitués à combattre dans les forêts de leur pays.

Braddock partit de la Virginie et se dirigea vers l'Ohio. En approchant de la rivière Monongahéla, ses soldats s'avancèrent, les rangs serrés, au son des tambours et des trompettes, absolument comme s'ils eussent servi en Europe. Washington, qui avait alors le grade de colonel, se trouvait avec le général Anglais et lui offrait des avis. Mais, loin de les suivre, Braddock s'en montra choqué. Il ordonna à Washington de rester en arrière avec ses milices sur le bord de la rivière, tandis que lui la traverserait avec ses soldats, pour livrer bataille de l'autre côté.

Les Français, stationnés au fort Duquesne, eurent connaissance de la venue de Braddock. Ils avaient mis aux aguets des sauvages connus sous le nom d'*éclaireurs*, qui les informaient de tous les mouvements de l'ennemi.

169. Le 9 juillet 1755, un corps de Canadiens et de sauvages, sous M. de Beaujeu, attaqua l'armée anglaise de front et sur les deux ailes à la fois. Les troupes de Braddock marchaient, en colonnes serrées, le long d'un passage étroit de la forêt. Leurs ennemis cachés derrière les arbres et les buissons entretenaient contre elles un feu bien nourri. Inaccoutumées qu'elles étaient à cette façon de combattre, elles ne purent donc guère que faire hardiment face aux endroits d'où venait la mousqueterie, perdant 20 hommes peut-être contre un canadien ou un sauvage qu'elles réussissaient à atteindre. Bien qu'elles eussent tenu bravement tête aux assaillants pendant plus de deux heures, leur courage fut presque inutile, puisqu'elles échouèrent dans leurs tentatives d'arriver à l'ennemi. Les Anglais perdirent plus de soldats que l'armée entière de Beaujeu ne comptait d'hommes. Finalement, ils s'enfuirent du côté de la rivière, poursuivis de près par les Français et les Sauvages. Tandis que les premiers donnaient la chasse aux fuyards terrifiés, les Sauvages s'occupaient à achever les blessés et à enlever des chevelures. Beaucoup de soldats se noyèrent aussi en traversant la Monongahéla, et, sans la présence de Washington et de ses miliciens postés au bord de la rivière, peut-être auraient-ils tous péri. Braddock lui-même, mortellement blessé, fut transporté dans une voiture à bagages parmi les fugitifs. Il mourut bientôt après. Le commandant français avait été tué dès le commencement de l'action. L'armée victorieuse prit une grande quantité d'armes, de munitions, d'habillements et autre butin.

Celles des troupes de Braddock qui n'avaient pas assisté à la bataille se replièrent en hâte sur la Virginie. Ainsi finit la seconde tentative que firent les Anglais

our s'assurer par la force des armes un établissement
ans la vallée de l'Ohio.

170. A la bataille de la Monongahéla, les papiers du
énéral Braddock tombèrent entre les mains des Fran-
ais et furent expédiés à Québec. On y trouva des
apports écrits que l'ôtage Stobo avait réussi, quelque
mps auparavant, à faire parvenir aux Anglais. Stobo
endait compte de l'état des travaux qui protégeaient
e fort Duquesne et donnait des avis sur d'autres posi-
ons qu'occupaient les Français. En conséquence, il
it accusé d'espionnage, puis jugé et condamné à mort.
l trouva néanmoins les moyens de s'évader de la prison
ù il était détenu à Québec, et de s'enfuir à Halifax où
arriva sain et sauf. Nous verrons que ce même
tobo était de nouveau à Québec, lors du siége de cette
ille par les Anglais, en 1759.

CHAPITRE XXXVII.

Les généraux Johnson et Dieskau.—Les Indiens.

171. Dans le cours de la même année 1755, les
olons Anglais envoyèrent une armée attaquer les
rançais sur le lac Champlain. Ceux-ci y possédaient
ne forteresse nommée *St. Frédéric;* il y avait aussi
n autre poste connu sous les noms de *Carillon* et
iconderoga, situé, à une petite distance, au sud du
c Champlain, sur la pointe de terre qui sépare ce lac
u lac St. Sacrement. Ils y placèrent de l'artillerie,
es provisions et des hommes.

172. Les troupes envoyées de France pour secourir
s Canadiens étaient commandées par le baron Dieskau.
e général se dirigea vers le lac Champlain avec trois
ille hommes, tant soldats que milices et Indiens,
ans le but d'empêcher que les postes St. Frédéric et
iconderoga, défendus seulement par des forces peu
nsidérables, ne tombassent au pouvoir des Anglais.
arriva à temps. Les Anglais, dans leur marche vers

le nord, n'avaient encore atteint que la pointe sud du
lac St. Sacrement.

Dieskau porta alors une partie de son armée au delà
du lac St. Sacrement, afin de tomber sur le fort Lydius
que les Anglais venaient de construire. En route, il
rencontra une partie de l'armée anglaise, sous les

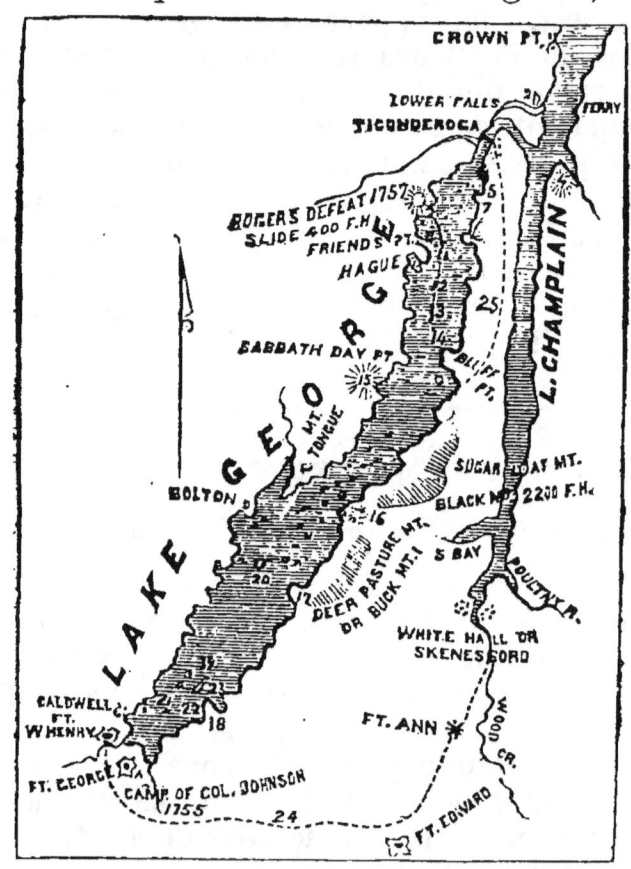

Carte des Lacs St. Georges et Champlain.

ordres du général Johnson. C'était le 8 septembre
1755. Une bataille sanglante s'engagea. D'abord, un
corps considérable de milices anglaises et d'Iroquois
fut repoussé; mais ensuite Dieskau fut battu. Lui-
même atteint de graves blessures fut fait prisonnier.
Le général Johnson éleva sur le champ de bataille un
fort auquel il donna le nom de William Henry. Ce

fort, qui fut aussi appelé le fort George, devint plus tard une place importante. Johnson donna au lac St. Sacrement le nom de lac George.

Il se livra plusieurs autres combats entre les Français et les Indiens, d'un côté, et les Anglais de l'autre.

172. Dans les batailles dont nous avons parlé, on employait des Sauvages de part et d'autre. Ils servaient de messagers et d'éclaireurs dans les marches à travers les forêts, et fournissaient des informations sans être vus de l'ennemi. Mais on ne saurait entendre sans horreur le récit de leurs cruautés à l'égard des blessés qui tombaient entre leurs mains. Ils se joignaient aux troupes des deux armées belligérantes dans le but de piller et d'enlever les chevelures. Quelquefois, lorsque les Anglais et le   faisaient des prisonniers, c'est à peine si l'o.   nuvait empêcher les sauvages de

Couteau à scalper rouillé qu'on a trouvé enterré à peu de distance du Fort William Henry.

les saisir comme une proie qu'il leur appartenait. Le général Johnson lui-même eut de la difficulté   sauver la vie au baron Dieskau que ses Indiens, les Iroquois, réclamaient et voulaient prendre de force. Le blessé fut mis dans une tente autour de laquelle fut postée une garde de soldats. Malgré toutes ces précautions, un sauvage trouva le moyen de se glisser en rampant jusque dans la tente, et tâcha de tuer Dieskau étendu sur sa couche. A l'issue d'une action, il était impossible d'empêcher les Indiens de se répandre sur le champ de bataille, de tuer les blessés, de dépouiller les cadavres et d'emporter toutes les chevelures. Les soldats Anglais qui n'avaient pas vécu dans les colonies avaient plus peur des Sauvages que des Français. Le cri de guerre indien et le couteau à scalper leur semblaient plus terribles que n'importe quels sons et quelles armes.

Les Indiens auxiliaires des Français dans les luttes de ces derniers contre les colons Anglais, appartenaient à diverses tribus de l'ouest; il en venait aussi des régions des grands lacs et du Haut-Outaouais. En outre de ces peuplades, les Français avaient les Hurons et les Abénaquis, ainsi que les Iroquois convertis, domiciliés à Caughnawaga ou Sault St. Louis. On ne pouvait pas toujours se fier à ceux-ci, lorsqu'ils avaient à combattre les Iroquois auxiliaires des Anglais. Dieskau dit que ce fut là la cause principale de sa défaite.

Les Indiens qui combattaient à côté des Anglais étaient des Iroquois, pour la plupart de la tribu des Mohawks. Ils aimaient beaucoup le général Johnson et c'est avec empressement qu'ils envoyaient leurs guerriers combattre sous lui. Cependant, ces Indiens étaient si cruels et si sanguinaires, que nous ne pouvons que déplorer et condamner la pratique adoptée par les colons de recourir à leurs services dans la guerre. Ceux qui s'en servaient étaient parfois dans l'impossibilité de s'en faire obéir. S'ils appartenaient à plusieurs tribus distinctes, comme du côté des Français, on ne pouvait pas toujours les empêcher de se quereller et de se battre entre eux à propos des prisonniers et du butin. Les Français avaient quelquefois avec eux des guerriers appartenant à plus de vingt différentes tribus.

CHAPITRE XXXVIII.

Triste sort des Acadiens.

173. Nous n'avons pas encore fini de raconter les événements de 1755. Outre ceux qui se produisirent pendant la guerre, dans la vallée de l'Ohio et au lac George, il y en eut d'autres bien tristes en Acadie ou Nouvelle-Ecosse. Il y avait plus de 40 ans que la Nouvelle-Ecosse était province anglaise, la France en ayant fait la cession à la Grande-Bretagne en 1713. Presque toute sa population était française. Que les

'habitants fussent loyaux envers la couronne britannique de cœur ou non, les gouverneurs des colonies de
la Nouvelle-Angleterre les traitaient en sujets mécon-
tents. De plus, lorsque l'Angleterre et la France ou
leurs colonies étaient en guerre, on se tenait pour sûr
que les Acadiens soutiendraient les Français plutôt
que les Anglais. En conséquence, dans le cours de
l'année dont nous parlons, les gouverneurs des colonies
anglaises résolurent de couper à jamais court aux
craintes que leur inspiraient les Acadiens. Nos jeunes
lecteurs seront chagrins, sinon surpris d'apprendre la
manière dont cette résolution devait s'exécuter. On
décida d'éloigner les malheureux habitants de leurs
foyers et de leur patrie. Quelques-uns devaient être
transportés dans le Massachusetts, d'autres dans les
provinces de New-York, de Pennsylvanie, de Virginie
et de Maryland. Puis, la transportation de tous les
anciens habitants effectuée, on devait les remplacer
par une population tirée des autres colonies anglaises.

174. Aux jours fixés, les familles de toutes les localités principales reçurent ordre de se réunir dans leurs
églises près desquelles stationnaient des corps de
troupes. Puis, les officiers firent savoir aux Acadiens
qu'il leur fallait abandonner terres, bétail et autres
biens, excepté leurs articles de literie, leur vaisselle et
leur argent, et qu'eux mêmes allaient être transportés
loin de l'Acadie. On peut juger combien une semblable nouvelle dut consterner les malheureux Acadiens.
Quelques-uns s'échappèrent et se sauvèrent dans les
bois pour ne pas être forcés d'abandonner leur chère
patrie. La plupart, néanmoins, furent embarqués, à
différents points, sur la côte, ou à la baie de Fundy.
S'il se manifestait quelque indice de mauvais vouloir
de la part des Acadiens, les soldats y mettaient ordre
sans peine. C'est ainsi qu'on entassa, dit-on, dans les
vaisseaux anglais des hommes, des femmes et des
enfants, au nombre de plusieurs milliers. Dans plusieurs
cas, il arriva que des membres de la même famille
furent séparés les uns des autres.

Finalement, les navires mirent à la voile et s'éloignèrent. Il va sans dire qu'une telle besogne était loin d'être agréable aux sentiments d'humanité des officiers, soldats et marins chargés de l'accomplir ; mais il fallait obéir aux ordres, quelque désagréables qu'ils pussent être.

Les Acadiens ainsi enlevés de leur patrie furent débarqués sur les côtes des diverses colonies de la Nouvelle-Angleterre, où ils reçurent, dit-on, un accueil hospitalier de la part des colons. Suivant quelques écrivains français, il n'y eut pas moins de 7000 Acadiens transportés à la Nouvelle-Angleterre, mais on a de bonnes raisons pour croire qu'il n'y en eu pas réellement plus de trois à quatre mille.

CHAPITRE XXXIX.

Victoires du général Montcalm.—Louisbourg.

175. L'Angleterre et la France se déclarèrent enfin la guerre au commencement de l'été de 1756, bien qu'elles eussent en réalité guerroyé depuis deux ans l'une contre l'autre en Amérique. Le roi de France avait déjà nommé un nouveau gouverneur du Canada, le marquis de Vaudreuil. C'était le fils de l'ancien marquis, successeur de Callière, dont l'administration si prospère avait été de plus longue durée que celle d'aucun gouverneur de la Nouvelle-France. On envoya aussi à Québec des troupes fraîches, ainsi que des subsides, des provisions et tout ce dont on a besoin pour faire la guerre.

En même temps que les troupes, il arriva un nouveau général, le général Montcalm, accompagné de MM. Lévis, Bougainville et autres officiers.

176. Le général Montcalm dirigea quatre campagnes contre les Anglais. C'était un brave et habile militaire qui remporta de nombreuses victoires.

En août 1756, il attaqua la position anglaise de

Chouagen ou Oswego, sur la rive méridionale du lac Ontario.   Il s'en rendit aisément maître et y prit une quantité de provisions, d'armes, de munitions de guerre et plus de 1600 prisonniers.   On dut acheter les Indiens à prix d'argent pour les empêcher de piller et de tuer les officiers et les soldats anglais.   Le résultat de cette victoire d'Oswego fut de permettre aux Français de fermer à l'ennemi l'entrée du lac Ontario.

177.   En 1757, Montcalm gagna sa seconde victoire au fort William Henry, sur le lac George.   Le colonel

PORTRAIT DU GÉNÉRAL MONTCALM.

Munro commandait la garnison anglaise.   Le général français vint investir la place avec 7000 hommes dont deux mille Sauvages, chefs et guerriers appartenant à 30 tribus différentes pour le moins, et qui s'étaient joints aux Français dans l'espoir de piller et d'enlever des chevelures.

Le colonel Munro défendit la place aussi longtemps que possible, en attendant du renfort de son supérieur le général Webb.   Webb lui envoya par écrit l'ordre de se défendre le plus longtemps qu'il pourrait, puis d'entrer en arrangement avec l'ennemi.   L'ordre était porté par un coureur indien qui tomba entre les mains d'un détachement des Sauvages de Montcalm. Le coureur avala le papier, ce qui n'empêcha pas les gens de Montcalm de le prendre, car ils tuèrent l'Indien et lui ouvrirent l'estomac afin de le trouver. Le papier fut apporté à Montcalm. Après en avoir pris lecture, le général français l'envoya par un messager au colonel Munro pour lui montrer qu'il n'avait à compter sur aucun secours de Webb. Munro capitula le 9 août. Le nombre des prisonniers anglais fut d'environ 2500 hommes. Comme les provisions étaient rares au Canada, Montcalm consentit à leur permettre d'aller au fort Edouard, à condition qu'ils seraient dix-huit mois sans servir contre la France. Il s'engagea aussi à protéger les prisonniers contre les Sauvages. C'est ce qu'il essaya de faire ; mais il ne le put, quoique les chefs indiens eussent promis de contenir leurs guerriers. Les Sauvages, à qui l'on avait donné du rhum à boire, ayant vu les effets personnels des officiers et des soldats anglais, sur lesquels ils s'imaginaient avoir droit de propriété, devinrent furieux et possédés de l'envie de piller et de tuer. Le 10 août, les prisonniers se mirent en marche pour le fort Edouard.

Il aurait dû y avoir une forte escorte de soldats français pour tenir les Indiens à distance ; mais il n'y en eut point. Dès qu'on fut bien et dûment en route, les Sauvages commencèrent à faire main-basse sur les effets des soldats anglais qui hâtèrent le pas pour s'en débarrasser. Bientôt le cri de guerre retentit, et le massacre commença. Les Anglais terrifiés redoublèrent de vitesse dans leur fuite. Après en avoir tué un grand nombre, les Indiens en saisirent six ou sept cents, à titre de prisonniers qui leur appartenaient. Cependant, quelques-uns de ces malheureux furent délivrés par des officiers français qui arrivèrent avec leurs hommes pour les sauver. Quant à ceux qui échappèrent à la mort et à la capture, ils gagnèrent le mieux qu'ils purent le fort Edouard. Les Sauvages en emmenèrent plusieurs centaines à Montréal où le gouverneur de Vaudreuil les fit relâcher en payant une rançon pour chacun.   On ne sait pas au juste combien il y en eut de tués.

La conduite des Indiens de Montcalm, à la prise du fort George, causa un profond mécontentement à la nation anglaise tout entière, lorsque les faits vinrent à être connus.   L'affaire a reçu dans l'histoire le nom de " *Massacre du fort George.*"

178. La troisième victoire de Montcalm fut celle de Carillon ou Ticonderoga.

Le 8 juillet 1758, une armée anglaise, sous le général Abercromby. attaqua les Français commandés par

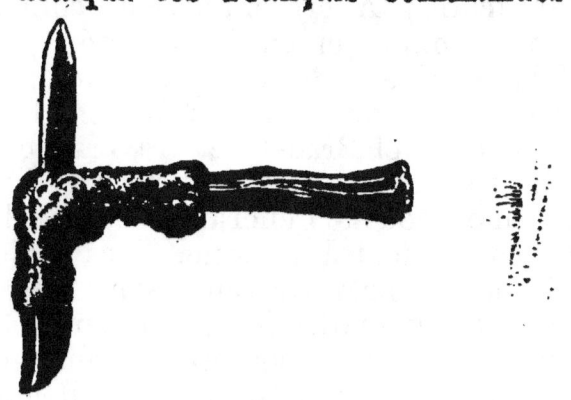

Le Tomahawk.

Montcalm et Lévis.   La position française était protégée sur son front par des troncs d'arbres dont les branches avaient les pointes tournées en dehors, ce qui empêchait les assaillants de s'ouvrir une route facile dans la place.   Les autres côtés étaient défendus par un fort et deux petits cours d'eau.

Abercromby était parti de l'extrémité septentrionale du lac George.   Ses forces, de plus de 1600 hommes, furent menées à l'assaut, sans qu'on attendît l'arrivée de l'artillerie.   Les soldats anglais se portèrent en avant avec le plus grand courage, mais ils ne purent pénétrer à travers les branches, ni passer par dessus. Les Français, retranchés derrière leurs singuliers parapets, leur opposèrent un résistance non moins courageuse avec leurs canons et leurs mousquets. L'attaque se renouvela six fois, et chaque fois les soldats anglais furent repoussés avec de grandes pertes. Si Abercromby s'était obstiné à continuer le combat, son armée entière aurait pu être détruite, quoique l'armée française comptât moins de 400 combattants ; mais voyant que toutes ses tentatives étaient inutiles, il se replia vers la nuit, et se retira à la hâte au lac George, après avoir perdu environ 2000 hommes, tant tués que blessés.

La victoire de Carillon fit beaucoup d'honneur au général Montcalm ; Abercrombie, au contraire, fut blâmé, et son commandement lui fut ôté.

179. Malgré la défaite complète des Anglais à Carillon, ils eurent du succès ailleurs. Une petite armée, sous le colonel Bradstreet, traversa le lac Ontario au nord, et s'empara aisément du fort Frontenac. Une autre armée, sous le général Forbes, se dirigea de la Virginie sur le fort Duquesne. Les soldats de la garnison française se retirèrent, sans attendre son arrivée ; les uns descendirent l'Ohio pour se rendre à la Louisiane ; les autres gagnèrent Venango. Cette affaire laissa les Anglais maîtres de la vallée de l'Ohio.

180. Mais c'est à Louisbourg qu'en 1758 les Anglais obtinrent le plus beau succès. Louisbourg était un hâvre fortifié sur la côte orientale du Cap-Breton. Les Français en avaient fait un poste presque imprenable, après y avoir dépensé des sommes immenses, et fait de vastes travaux. Une flotte anglaise, portant une armée à bord, fut envoyée pour s'en emparer. L'armée avait pour chef le général Amherst. Sous lui servait le général James Wolfe.

La place était défendue par une garnison de soldats, de milices et de Sauvages. Le siége dura près de deux mois. Wolfe, qui était l'idole des troupes anglaises, conduisit la plupart des attaques de terre, et contribua puissamment par son courage, son zèle et son habileté à amener la reddition de Louisbourg, vers la fin de juillet. La garnison était commandée par M. Drucour.

Après la prise de Louisbourg par les Anglais, il ne resta plus de hâvre pour les vaisseaux français sur les côtes orientales de l'Amérique du Nord. Dès lors le Canada se vit presque sans moyen de communication avec la France. puisque les flottes anglaises commandaient toute la côte maritime et l'entrée du fleuve St. Laurent.

CHAPITRE XL.

Détresse au Canada.—M. Bigot, Intendant-Royal.

181. Depuis 1754, il n'y avait toujours eu que de mauvaises récoltes au Canada. Joignons à cela que, par suite de la guerre, les travaux des champs avaient dû être faits principalement par des vieillards et des enfants. La partie la plus valide de la population était absente, à l'armée, depuis les premiers jours du printemps jusqu'à la venue de l'hiver. Aussi, la nourriture était rare et chère. La viande de cheval était la seule que bien des familles pouvaient se procurer, et l'on en vint à fixer la ration de pain à deux ou trois onces par jour pour chaque personne.

La disette ne fit qu'augmenter tous les ans jusqu'en 1758. Alors ce fut la *famine*. Pour comble de malheur, la petite vérole était très-commune.

Les navires qu'on envoyait de France chargés de provisions étaient souvent capturés par les Anglais en se rendant au St. Laurent.

172. Bigot avait à cette époque la charge d'intendant-royal au Canada. Il était de son devoir d'avoir l'œil à toutes les affaires de finances et de commerce de la colonie et de prendre dans les magasins du roi, pour les distribuer aux soldats. provisions de bouche, habillements et autres articles. Il avait aussi le pouvoir de fixer les prix d'achat et de vente de toutes sortes de marchandises. Mais M. Bigot était un malhonnête intendant. Son premier soin, c'était de s'enrichir. A.

l'aide d'autres fonctionnaires, qui étaient ses agents, il réalisa d'énormes profits sur les fournitures destinées à l'armée et aux différents forts. Il usait de son autorité d'intendant pour prendre aux gens de la campagne leurs grains et leurs fourrages, moyennant les prix qu'il avait fixés lui-même.

Par ces moyens, M. Bigot et ses agents firent de grosses fortunes.

La conduite de Bigot paraîtra bien plus mauvaise, quand on saura que les troupes régulières et les milices étaient souvent à court de vivres, de hardes et d'autres articles de première nécessité, tandis qu'il en faisait payer fort cher au roi des quantités beaucoup plus considérables qu'elles n'auraient pu consommer.

On rapporte qu'au temps même où l'armée et le peuple souffraient du manque de nourriture, lui et ses agents menaient la vie la plus somptueuse.

Avant de prendre congé de cet homme, il est bon de dire qu'il fut subséquemment traduit devant les tribunaux en France et puni.

CHAPITRE XLI.

Anciens Siéges de Québec.—Siége de 1759.

183. Nos jeunes lecteurs se souviendront que la belle capitale de la Nouvelle-France, Québec, fut fondée par Samuel de Champlain en 1608. Environ 20 ans après, les Anglais vinrent la prendre; mais elle fut rendue aux Français. Soixante ans plus tard encore, du temps du gouverneur Frontenac, les Anglais, sous l'amiral Phipps, se présentèrent de nouveau pour s'emparer de la place. Cette fois, cependant, elle fut sauvée, grâce à la bravoure du vieux gouverneur qui, ainsi que nous l'avons vu, battit Phipps et contraignit sa flotte à s'éloigner.

Une troisième fois, en 1700, les Anglais envoyèrent

des vaisseaux de guerre et des soldats, sous l'amiral Walker dans le but de prendre la cité. De Vaudreuil était alors gouverneur et prêt à combattre pour la défense de sa capitale, comme l'avait fait Frontenac. Mais les vents et les flots la tirèrent de danger; les navires de Walker firent naufrage avant même qu'il en fût à une distance de 500 milles.

Il s'était encore écoulé un laps de temps de quarante neuf années, lorsque les Anglais firent leur quatrième et dernière tentative. C'était en 1759. Un autre de Vaudreuil, fils de celui que nous avons cité plus haut, gouvernait au Canada. Il lui était réservé, ainsi que nous allons le raconter, d'être témoin de la prise de la ville par les Anglais et de survivre aux derniers jours de la Nouvelle-France.

184. À la fin de juin 1759, une flotte d'environ cinquante vaisseaux de guerre anglais remonta le St. Laurent.

En gagnant le haut de l'Ile d'Orléans, l'amiral et le général ne tardèrent pas à voir quelle rude tâche ils auraient à remplir. En dehors de l'enceinte de la cité, et de l'autre côté de la rivière St. Charles s'échelonnaient les troupes de Montcalm postées derrière des retranchements qui, partant de l'embouchure de cette rivière, s'étendaient au loin vers les chutes de Montmorency. Eu égard au peu de profondeur de l'eau, les gros navires anglais ne pouvaient pas pénétrer dans la rade pour faire feu sur elles. Il n'y avait pas non plus possibilité de faire débarquer des soldats en bateaux pour les combattre; car les Français pouvaient aisément balayer à coups de mousquets et de canons un nombre quelconque d'hommes enfoncés jusqu'aux genoux dans le sable et la vase.

185. Les deux commandants remontèrent le fleuve en bateau, le long de la rive sud. De là, ils trouvèrent que la rive opposée était partout escarpée et surveillée par les Français. Bref, la place qu'ils venaient prendre était par sa position naturelle si forte, et si bien gardée, qu'ils ne savaient pas de quelle manière ils pourraient

y arriver. Le seul plan auquel ils pussent songer, c'était de la bombarder de la Pointe-Lévi, située de l'autre côté du fleuve, et en même temps de chercher à faire sortir Montcalm de son camp retranché pour livrer bataille.

Le plan d'attaque ainsi arrêté, une partie des troupes anglaises fut stationnée à la Pointe-Lévis, où elle établit un camp et rangea des batteries de canons de gros calibre pour tirer sur la ville. En même temps, l'ennemi forma un autre camp, au delà de la rivière Montmorency, à son embouchure, et non loin des chutes. Enfin, il s'en établit un troisième au haut de l'île d'Orléans, dans le but surtout d'y recevoir et d'y soigner les malades et les blessés.

187. Dans un petit livre comme celui-ci, il serait impossible de relater tous les détails du siége. Cependant, il est facile de voir que ce fut une affaire bien autrement grande qu'aucune des anciennes attaques dont il a question au commencement de ce chapitre.

Tous les jours, et généralement aussi toutes les nuits, pendant environ dix semaines, le canon de la Pointe-Lévis ne cessa de vomir les boulets et les bombes sur Québec. La Basse-Ville fut bientôt ruinée. A la Haute-Ville, les édifices publics, les églises et des centaines d'habitations bourgeoises furent détruites ou fort endommagées. Les rues ne présentaient que des ruines. Tous les habitants, en état de le faire, quittèrent la ville.

188. Comme Montcalm ne voulait pas abandonner sa position pour combattre les Anglais à n'importe lequel de leurs camps, Wolfe prit le parti de l'attaquer là où il était. La tentative eut lieu le 31 juillet, aux retranchements les plus rapprochés de l'embouchure de la rivière Montmorency; mais ce fut une affaire complètement manquée. Les Anglais furent repoussés, après avoir perdu plusieurs centaines d'hommes, tant tués que blessés et prisonniers. Bientôt après, Wolfe tomba malade de fièvres et faillit mourir.

189. Wolfe avait défendu expressément à ses soldats

de faire aucun mal aux gens qui, en réalité, ne se battaient pas contre les Anglais. Néanmoins, dans quelques localités voisines de Québec, il ne fut tenu aucun compte de cette défense. Des bandes d'hommes connus sous le nom de *coureurs*, brûlaient les habitations, détruisaient les récoltes, abattaient les arbres fruitiers et commettaient d'autres dégâts. Ces coureurs n'étaient pas des troupes régulières, mais des hommes accoutumés aux guerres de buissons contre les Sauvages des colonies anglaises. Eux-mêmes ressemblaient à des Sauvages dans plusieurs de leurs habitudes. On dit même, qu'à l'exemple de ces derniers, ils enlevaient les chevelures. On les avait fait venir avec l'armée pour tenir tête aux Indiens qui se trouvaient du côté des Français, et dont Montcalm comptait bon nombre. Ils lui servaient d'éclaireurs, et rôdaient autour des camps ennemis, tuant et scalpant tous les traînards.

190. Nous terminerons ce chapitre par le récit de deux histoires, dont la première montre de quelles cruautés ces coureurs étaient capables, lorsqu'ils se trouvaient en péril.

Un certain officier, qui commandait un petit détachement de coureurs, avait fait quelques prisonniers au nombre desquels était un petit garçon tout jeune. Tout-à-coup parut un corps d'Indiens qui se mit à leur donner la chasse. Tous les prisonniers furent laissés en arrière, excepté l'enfant avec qui les coureurs s'enfoncèrent, aussi vite qu'ils le purent, dans la forêt. Les cris perçants de l'enfant suffisaient néanmoins à guider les Indiens dans leur poursuite. Il était trop jeune ou trop effrayé pour comprendre l'injonction qu'on lui faisait de se taire. Plus on lui disait de cesser de crier, plus il jetait les hauts cris. Cependant les Indiens approchaient et allaient mettre la main sur la bande. Alors l'officier ordonna à l'homme qui portait l'enfant de le mener à l'écart dans un fourré et de le mettre à mort, ce qui fut exécuté à l'instant. Les Indiens n'étant plus guidés par aucuns sons, cessèrent de donner la chasse, et les coureurs réussirent à s'échapper en gagnant le poste anglais le plus proche. L'officier qui avait donné cet ordre cruel et l'homme qui l'avait mis à exécution n'eurent pas honte de raconter à leurs camarades ce qui s'était passé. Quand même on dirait, à titre de défense de leur conduite, que cet acte de leur part était nécessaire pour les sauver du danger d'être tués et scalpés, il serait aisé de répondre qu'ils auraient pu baillonner l'enfant, et ainsi arrêter ses cris. Mais la pensée qui vint le plus promptement à des esprits aussi cruels fut d'étouffer ces cris dans la mort.

L'autre histoire a trait à la manière étonnante dont échappa aux Indiens de Montcalm un Anglais dont le nom devint plus tard fameux par tout l'univers.

Dès le commencement des opérations du siége, l'amiral ordonna de faire des *sondages* qui permissent de relever la profondeur de l'eau entre le bout de l'île d'Orléans et les battures de Beauport, en avant des retranchements français. Il y avait à bord d'un des vaisseaux de la flotte un jeune homme nommé *James Cook*. C'est à lui que fut confié la tâche d'effectuer ces sondages, tâche très-difficile et très-périlleuse, qui ne pouvait se faire que dans la nuit. Cook était alors quartier-maître sur un bâtiment de guerre, où on l'avait déjà remarqué pour ses habitudes prudentes, son courage et son habileté. Il se mit à l'œuvre avec joie. Seul dans un bateau qu'il dirigeait à l'aide d'avirons ouatés et protégé par les ombres de la nuit, il avait presque terminé son travail, lorsqu'il fut aperçu de quelques Indiens qui se trouvaient sur la rive. Les Sauvages saisirent un canot et le firent glisser comme un trait vers le lieu où était Cook. Celui-ci, les entendant venir, se mit à ramer de toutes ses forces du côté de l'île. Il l'avait à peine atteinte, qu'ils étaient derrière lui. Aussi, il l'échappa belle. L'avant de son embarcation ne faisait que de toucher la rive, lorsque les Sauvages sautèrent dedans à l'arrière. Lui, au même instant, sauta à terre par l'autre bout et sauva sa vie en courant aux avant-postes du camp anglais.

Ce jeune homme fut le grand capitaine Cook, tué 20 ans plus tard, par les naturels d'une île des mers du Sud.

CHAPITRE XLII.

Première bataille des Plaines d'Abraham.—Mort des généraux Montcalm et Wolfe.—Prise de Québec.

191. Vers la fin d'août, Wolfe tint conseil avec ses principaux officiers au sujet d'un plan qui forçât Montcalm à faire sortir son armée pour livrer bataille. Ce plan consistait à remonter le fleuve au-dessus de la cité, puis à effectuer de force un débarquement près des Plaines d'Abraham. On pensait que, dans ce cas, il était certain que Montcalm quitterait ses retranchements.

192. Dans le cours des premiers jours de septembre, la plus grande partie de l'armée anglaise fut rassemblée à la Pointe-Lévis. De là, les troupes se mirent en marche le long de la rive sud du St. Laurent jusqu'à ce qu'elles fussent arrivées à quelques milles plus haut que la ville. Des navires et des chaloupes avaient déjà été envoyées sur ce point pour les recevoir et les traverser à la rive nord. Par suite du mauvais temps, il y eut du délai jusqu'à la nuit du 12 septembre; mais cette nuit venue, les soldats furent placés dans les chaloupes et à bord des navires. On redescendit le fleuve en silence, à la faveur des ténèbres, jusqu'à ce qu'on fût à environ un mille et demi de Québec. Là, se trouvait un lieu de débarquement, depuis nommé l'anse de Wolfe, d'où un sentier étroit, raboteux et gardé au sommet par un petit détachement de soldats français, conduisait aux Plaines d'Abraham.

On ne perdit pas de temps à opérer le débarquement et à faire monter les hommes un à un. Quelques coups de feu furent tirés par les soldats du poste français; mais leur chef dormait, et tous furent aisément faits prisonniers par les premiers Anglais qui atteignirent le haut du roc.

Le 13 septembre 1759, dès les premières lueurs du jour, les troupes de Wolfe, au nombre de 4800, tant officiers que soldats, étaient toutes débarquées sans encombre aux Plaines d'Abraham. Bientôt elles se rangèrent en ordre de bataille, et se mirent en marche vers Québec.

193. Lorsque Montcalm apprit que les Anglais avaient débarqué au dessus de la cité, il fut surpris au point de pouvoir à peine le croire. Cependant il fit à l'instant sortir son armée et la conduisit à leur rencontre. Il avait dit auparavant que si Québec venait à tomber, c'en était fait de toute la colonie, mais que pour lui, il s'ensevelirait sous ses ruines.

Montcalm avait avec lui à-peu-près sept mille hommes. Environ deux mille de plus étaient absents sous le commandement de M. de Bougainville. Il les avait envoyés quelque temps auparavant pour s'opposer précisément à ce qui venait d'arriver, c'est-à-dire, au débarquement des soldats anglais sur la rive nord du fleuve; et, malheureusement, ces hommes étaient maintenant à bien des milles au-dessus de l'endroit où l'on avait le plus besoin de leurs services. Le général français qui ne voulait pas laisser à Wolfe le temps de fortifier sa position actuelle, n'attendit pas que Bougainville l'eût rejoint. Il engagea donc l'action sur-le-champ. Wolfe se sentait trop heureux d'obtenir ce qu'il avait tant désiré toute la saison.

Sur l'ordre de Montcalm, les tambours et les trompettes sonnèrent la charge. Ses troupes s'avancèrent courageusement contre les Anglais jusqu'à ce qu'elles n'en fussent plus qu'à quarante pas. Alors les hommes de Wolfe firent feu. Le général leur avait ordonné de ne pas tirer avant que les Français fussent arrivés à cette distance. Il leur avait aussi recommandé de mettre deux balles dans leurs mousquets avec double charge de poudre. Le choc fut si grand et si terrible que les Français ne purent plus faire un pas en avant.

ls lâchèrent pied, lentement d'abord, puis en hâte et
n désordre, serrés de près par les Anglais. Bientôt,
e fut une déroute. Ils s'enfuirent de tous les points
u champ de bataille vers les portes de la ville et vers
n pont de bateaux qu'on avait jeté sur la rivière St.
Charles.

Monument de Wolfe, Plaines d'Abraham.

" Here died Wolfe victorious."

195. A partir du moment où la bataille s'était
rieusement engagée, il ne s'écoula guère que quelques
inutes. Cependant, les pertes furent considérables
e part et d'autre. Les Anglais perdirent plus de
50 hommes, tués et blessés. Au nombre des premiers

8

fut le général Wolfe lui-même. Il avait reçu trois blessures, et il fut porté à l'arrière-garde pour mourir.

Avant d'expirer, on lui dit que les Français avaient pris la fuite: Eh bien, Dieu soit loué, dit-il, je meurs content.

Du côté des Français, la perte fut de plus de 1200 hommes, tant tués que blessés et prisonniers. Quelques-uns des officiers français faits prisonniers craignaient d'être maltraités à cause du massacre commis lors de la capture du fort George, en 1757. Ils allèrent donc trouver les officiers anglais, le chapeau à la main, déclarant qu'ils n'assistaient pas à cette affaire.

Le général Montcalm fut plusieurs fois blessé dans l'action. Il eut le bras cassé, et, tandis qu'il cherchait à rallier ses soldats en désordre, il reçut une blessure mortelle dans les reins. Il vécut jusqu'au lendemain matin. Le médecin qui le soignait ayant dit qu'il n'avait plus que quelques heures à vivre, tant mieux, dit-il, je ne serai pas témoin de la chute de Québec. Une autre fois, il dit aux officiers réunis autour de sa couche: Messieurs, je vous souhaite bien de sortir de vos tribulations; quant à moi, je meurs et je désire passer la nuit avec Dieu.

Les restes de Wolfe furent transférés à bord d'un vaisseau anglais et portés en Angleterre. Le corps de Montcalm fut enseveli, la nuit du 14 septembre, dans la chapelle du couvent des Ursulines.

196. Cinq jours après la bataille, Québec capitula. C'est ainsi que, le 18 septembre 1759, l'ancienne capitale de la Nouvelle-France tomba au pouvoir des Anglais.

CHAPITRE XLIII.

Seconde bataille des plaines d'Abraham.—Les généraux Murray et Lévis.—Le général Amherst.—Fin de la Nouvelle-France.

197. Au commencement du printemps de 1759, les Français firent de grands efforts pour reprendre Québec. Le général Anglais Murray y commandait.

l'armée française, sous de Lévis, descendit de Mont-
éal, et atteignit Ste. Foye, près de Québec, le 28 avril.
La veille seulement, Murray avait eu vent de sa venue,
t cela d'une manière bien curieuse. La rivière char-
iait d'énormes masses de glaces. Quelques soldats

Monument de Lévis et de Murray sur le chemin de Ste. Foye.

perçurent un homme qui se cramponnait à l'un des
laçons. Ils l'amenèrent à terre et le conduisirent
evant le général Murray. Il se trouva que c'était un
oldat qui, par accident, était tombé dans le fleuve, à
uelque distance plus haut. Il avait alors monté sur
n gros glaçon qui l'avait descendu à l'endroit où les
oldats anglais venaient de l'apercevoir. En le ques-

tionnant, Murray apprit que de Lévis était tout proche avec une armée de 7000.

Le hasard voulut qu'un grand nombre des hommes de Murray fussent alors retenus au lit à Québec pour cause de maladie. Mais le général appela tous ceux qui étaient en état de combattre, et se mit en marche à la rencontre de Lévis. La bataille fut longue et sanglante. Murray perdit environ 1000 hommes et fut contraint de battre en retraite et de se retirer dans l'enceinte des murs de la ville.

De Lévis, après sa victoire, se mit à assiéger la place. Mais l'espoir qu'il avait de la prendre ne tarda pas à s'évanouir. Des vaisseaux de guerre anglais se présentèrent en vue de Québec. De Lévis s'aperçut qu'ils arrivaient. Il se retira donc aussi vite qu'il put, vers Montréal. C'était à peu près dix jours après la bataille. L'action qui s'engagea entre les généraux de Lévis et Murray n'eut pas lieu précisément sur le même terrain que celle de l'année précédente, mais ce fut à une faible distance de là, et on lui donna le nom de " Seconde bataille des plaines d'Abraham." Le point où les pertes furent le plus considérables est maintenant indiqué par un beau monument. Au-dessous gisent les ossements d'un grand nombre de ceux qui furent tués. A plus d'un mille de là, s'élève un autre monument érigé à l'endroit où mourut le général Wolfe. En suivant les deux routes qui mènent à l'ouest de Québec, on voit ces deux monuments tout à côté du chemin. Ils servent à rappeler le souvenir des deux " Batailles des plaines " livrées il y a plus de 100 ans.

198. En septembre 1760, le gouverneur de Vaudreuil et le général de Lévis étaient à Montréal avec les débris de l'armée française. Ils avaient lieu de penser que les derniers jours de la Nouvelle-France approchaient. Outre qu'ils n'ignoraient point que tout espoir d'obtenir des secours de France était perdu, ils savaient qu'il n'y avait pas moins de trois armées anglaises en marche contre eux.

Le général Amherst, qui avait le commandement en chef des Anglais en Amérique, s'était emparé de Ticonderaga et du Fort Frédéric. De là, il s'était porté sur le lac Ontario où il se préparait à faire descendre environ 15000 soldats à Montréal par la voie du St. Laurent. Après lui, le Colonel Haviland, à la tête de 2000 hommes, se dirigeait sur le même point par la rivière Richelieu. A son approche, les Français abandonnèrent leurs forts de l'Ile-aux-noix, St. Jean, Chambly et Sorel. Enfin le général Murray remontait en même temps de Québec, le cours du St. Laurent avec son armée. Lorsque toutes ces forces se trouvèrent réunies le 8 Septembre, près de Montréal, de Vaudreuil et de Lévis comprirent qu'il serait inutile de chercher à leur résister. Ils se rendirent donc avec leurs troupes et la ville de Montréal, au général Amherst à qui ils firent en même temps la cession de tout le Canada.

199. De Lévis avait l'esprit fier et bouillant. On lui avait dit qu'Amherst refusait d'accorder aux Français *les honneurs de la guerre*, c'est-à-dire, le droit, avant de devenir prisonniers de guerre, de quitter leurs quartiers, au son de la musique et avec leurs armes et leurs drapeaux. Là dessus, son indignation éclata. Il déclara qu'il ne se soumettrait point, qu'il se retirerait avec ses soldats dans l'île Ste. Hélène et qu'il y combattrait jusqu'à la dernière extrémité. En vain, de Vaudreuil lui représentait-il qu'il fallait céder, de Lévis persistait dans son refus. Enfin, sur l'ordre formel du gouverneur et au nom du roi de France, il n'osa pas résister davantage. Une résistance plus longue n'aurait eu pour conséquence que de sacrifier une grande partie de ses troupes ; qu'auraient pu faire en effet si peu de monde contre 20,000 soldats anglais ?

200. Avant la clôture de la navigation, les officiers et les soldats français, le gouverneur et l'intendant, ainsi que d'autres personnes au service du roi Louis XV furent embarqués à bord de vaisseaux anglais et envoyés en France.

Le Canada cessa dès lors d'être le théâtre des batailles. Mais en Europe, la guerre entre les deux mèros-patries dura encore deux ans.

CHAPITRE XLIV.

Le Canada sous la domination anglaise.—Ponthiac.

201. En l'année 1763, un traité de paix fut conclu entre l'Angleterre et la France ; il y était stipulé que le roi de France Louis XV cédait le Canada au roi d'Angleterre George III. La colonie comptait alors une population de 65,000 âmes, non compris les Indiens. Tous ceux qui voulurent s'en aller en obtinrent la permission. Mais ceux qui restèrent, ainsi que tous ceux qui vinrent ensuite au Canada, devinrent sujets anglais. Sans doute, il parut d'abord étrange aux Canadiens-Français d'être sous tout autre souverain que le roi de France. Nous-mêmes, nous serions également étonnés, si tout-à-coup nous ne nous trouvions plus les sujets de la bonne reine Victoria. Peut-être les Canadiens se seraient plus souciés du changement qu'ils ne firent si Louis XV avait été un bon roi. Mais il était loin de l'être. Il n'avait pas bien agi a l'égard des Canadiens ni des Acadiens ; sous d'autres rapports aussi, il ne méritait guère amour et respect. Les Canadiens-Français en vinrent donc avec le temps à être au moins aussi loyaux envers George III qu'ils l'avaient été envers leur ancien roi.

Tout le Canada prit alors le nom de Province de Québec. Il fut divisé en trois districts, savoir : Québec, Trois-Rivières et Montréal. Le général Murray fut nommé gouverneur.

202. Quant aux Indiens, ils ne se montrèrent pas aussi favorables à leurs nouveaux maîtres qu'ils l'avaient été à leurs anciens officiers français et missionnaires. Ces dispositions devinrent bientôt évidentes ; car tous les forts et les postes de trafic avaient été confiés à des

officiers et à des soldats anglais. Les Indiens manifestèrent leur chagrin lorsque les officiers se séparèrent d'eux. Un an seulement s'était écoulé depuis la conclusion du traité qui avait fait du Canada une province anglaise, lorsque les sentiments des Indiens se révélèrent par des actes qui causèrent bien des tribulations et firent bien des victimes.

203. Un chef des Sauvages outaouais, nommé Ponthiac, avait été grand ami des Français. Il avait mené ses guerriers combattre pour eux contre l'armée de Braddock, in 1755. A d'autres époques postérieures, il avait combattu à leurs côtés. Lorsqu'il eut appris que les forts et les postes français de l'ouest étaient remis aux Anglais, il conçut le projet de les reprendre et de chasser les Anglais du pays. C'était, parait-il, un sauvage remarquable, plus remarquable même que Garakonthié et Kondiaronk dont nous avons fait mention dans ce livre. Il réussit à gagner en faveur de ses plans presque toutes les tribus des grands lacs, à l'est et au sud-ouest, jusqu'au Mississipi, et dans la vallée de l'Ohio. Il leur promit à toutes le pillage, l'eau-de-vie, les chevelures et de magnifiques terres de chasse pour les récompenser d'avoir contribué à ramener les Français ; car il n'avait aucun doute que les Français reviendraient, lorsque les Anglais auraient tous été tués ou chassés. Les Iroquois même, ou les *cinq nations*, furent amenés à favoriser ses desseins. Pontiac fixa un jour où les tribus des diverses parties du pays devaient tomber sur onze des postes anglais. En même temps, les Sauvages devaient attaquer les frontières de la Pennsylvanie, de la Virginie et de l'Etat de New-York. Neuf des onze postes furent emportés par surprise et leurs défenseurs mis à mort. L'attaque manqua sur deux points, au fort Duquesne, maintenant Pittsburg, et à Détroit. Les établissements reculés de la Pennsylvanie, de la Virginie et de l'Etat de New-York furent les théâtres de massacres et de cruautés atroces. Il y eut plus de mille personnes assassinées et un grand nombre furent emmenées captives.

A Détroit et dans le voisinage, les conflits sanglants durèrent des semaines. Cependant, ce poste et celui de Pittsburg finirent par être sauvés.

Grande fut la surprise des Anglais à la vue de ce soulèvement soudain des tribus indiennes. Au bout d'un certain temps, lorsque le premier choc fut passé, ils expédièrent des corps de troupes contre elles. Soit par force, soit par moyens persuasifs, les divers chefs furent amenés à faire la paix et à rendre les captifs qu'ils avaient pris.

Ponthiac lui-même, bien que repoussé, ne fut pas précisément vaincu. Il était toujours l'objet d'une telle considération de la part d'une foule de tribus, que les Anglais pensèrent que le meilleur parti à prendre était de le gagner au moyen de présents. L'affaire se termina donc par une sorte d'amitié douteuse avec lui. Tous les postes qui avaient été pris retombèrent au pouvoir des Anglais. Le fameux Pontiac perdit la vie, quelques années plus tard, à St. Louis sur le Mississipi. Un Sauvage, qui le haïssait, se jeta sur lui au moment où il n'était pas sur ses gardes, et le tua.

CHAPITRE XLV.

Autre Siége de Québec.

204. La majeure partie de l'Amérique du Nord, depuis le pôle boréal jusqu'au golfe du Mexique, obéissait alors au Souverain de la Grande-Bretagne. La Nouvelle-France était tombée en dissolution et les habitants des vieilles colonies anglaises avaient gagné la Nouvelle-Ecosse, la vallée de l'Ohio et tous les autres territoires au sujet desquels ils avaient coutume de se quereller avec les Français du Canada. En Amérique, ils n'avaient plus d'ennemis pour les inquiéter, excepté peut-être les Sauvages établis sur leurs frontières.

Mais, avec le temps, des causes de dispute surgirent entre eux et l'Angleterre elle-même. Au nombre de ces causes furent les *taxes* que les colons prétendaient ne devoir pas être obligés de payer.

205. Enfin, en 1775, ils se soulevèrent en armes contre la mère-patrie. Les populations de treize des colonies ou *Etats*, comme on vint alors à les appeler— voulurent être entièrement indépendantes de l'Angleterre. Elles demandèrent aux habitants du Canada de se joindre à elles dans leur rébellion.

Ceux-ci ayant refusé de prendre part à la révolte, les Américains envoyèrent des troupes d'hommes armés pour prendre le pays de force.

Sir Guy Carleton, un des officiers de Wolfe, était alors gouverneur, mais il n'avait que bien peu de troupes.

206. En novembre, un officier américain nommé Arnold, se présenta à la Pointe-Lévis avec environ mille hommes. Du Maine, il s'était frayé une route à travers le pays, dans l'espoir de s'emparer de Québec par surprise.

Une autre force de 3,000 hommes, sous les ordres du général Richard Montgomery vint par voie du lac Champlain et de la rivière Richelieu. Montgomery connaissait bien la route, car il avait servi, 15 ans auparavant, sous Amherst et Haviland. Il prit les forts du Richelieu et ensuite Montréal. De là, il descendit le St. Laurent et vint rejoindre Arnold, près de Québec, vers la fin de Novembre.

207. Durant le mois de décembre, les Américains maintinrent un état de siége. Privés de grosse artillerie, ils ne pouvaient pas faire grand mal à la place. Ils essayèrent donc d'y pénétrer de vive force dans la nuit du 31 décembre. La tentative échoua complètement. Arnold fut blessé et Montgomery tué. Le matin du 1er janvier 1776, le corps du général fut trouvé dans la neige. On l'apporta en ville où il fut enterré.

208. Sir Guy Carleton était à Montréal lorsqu'Ar-

nold arriva pour la première fois à Québec. Informé du fait, il se mit à l'instant en route pour la capitale. Montgomery venait de quitter l'embouchure de la rivière Richelieu et remontait le cours du St. Laurent; ainsi, le gouverneur aurait pu être fait prisonnier. Néanmoins, grâce aux ténèbres de la nuit, il réussit à passer sans encombre dans un bateau dont les avirons avaient été garnis de paillets.

A son arrivée à Québec, il donna ordre de quitter la ville à tous ceux qui n'étaient pas disposés à se battre contre les Américains.

Lorsque l'attaque faite par Montgomery, le 31 décembre, eut échoué, ainsi que nous l'avons déjà raconté, le gouverneur fut instamment prié par ses officiers de faire une sortie et de déloger l'ennemi. Mais c'était un homme d'une grande prudence; il savait que s'il était battu, c'en était fait du Canada.

209. Au commencement du printemps, une flotte arriva d'Angleterre avec des troupes. Les Américains se retirèrent alors en toute hâte poursuivis par les Anglais. Il y eut deux engagements. Un corps de 1800 hommes, sous la conduite d'un Américain nommé Thompson, fut battu après avoir perdu beaucoup de monde. Subséquemment, les envahisseurs furent chassés de la Province. Ainsi se termina le siége de Québec par les Américains dans l'hiver de 1775.

210. La conduite que tint Sir Guy Carleton lors de la défense de la cité lui valut beaucoup d'éloges. Par sa prudence, son habileté et son courage, il avait sauvé Québec. Tous ceux qui l'approchaient l'aimaient beaucoup. Son ennemi, le général Montgomery, était aussi l'objet d'une vive affection de la part de ses officiers. Nous en avons la preuve dans ce qui arriva après sa mort. Lorsque son corps fut trouvé dans la neige les officiers anglais ne le reconnurent pas; l'un d'eux prit l'épée du mort et se mit à la porter çà et là dans sa main. Plusieurs officiers américains prisonniers voyant l'épée ne purent retenir leurs larmes. Ils dirent combien ils avaient d'estime pour celui qui

l'avait portée, et combien ils étaient affligés de sa mort. Ils ajoutèrent qu'il leur était bien pénible de la voir entre les mains d'un autre. C'est alors qu'on découvrit qu'elle avait appartenu au général Montgomery. Celui qui avait pris l'épée s'en dessaisit généreusement. Il veilla aussi à ce que le corps du général fut enterré décemment dans une fosse creusée près des murs de la cité.

Plus de 40 ans après, la veuve de Montgomery demanda la permission de faire transférer ses restes de Québec en Virginie. La demande fut agréée, et la personne même qui les avait mis en terre, était là pour prouver que ces restes étaient bien ceux de Montgomery, et pour aider à les reprendre.

CHAPITRE XLVI.

Visites royales au Canada.

211. Dès les premiers temps de l'histoire du Canada, nous apprenons comment chaque gouverneur était reçu aussitôt qu'il mettait pied à terre à Québec. On avait coutume de faire tout ce qui était possible pour l'honorer. Eût-ce été le roi lui-même arrivant à Paris qu'on n'aurait pu lui témoigner plus de respect. Au fait, aux yeux du peuple, le gouverneur était le même que le roi, et on le recevait en conséquence.

Sous la domination française jamais aucun membre de la famille royale ne visita la colonie. S'il en était venu un, nous pouvons avoir une idée de la réception magnifique qu'on lui aurait faite. Sous le gouvernement anglais, il y a eu plusieurs visites.

212. En 1787, le mardi 14 août, le Prince William Henri vint à Québec. Ce prince était le troisième fils du roi George, et servait alors, comme officier, dans la marine royale, à bord de la frégate le Pégase dont il était capitaine. Il séjourna deux mois au Canada.

Pendant ce séjour, il visita les Trois-Rivières, Montréal, Chambly et Sorel, les seules villes qui, outre Québec, fussent de quelque importance au Canada. Partout le prince fut accueilli avec la plus grande joie. Lord Dorchester (Guy Carleton) était alors gouverneur. Le lendemain matin de son arrivée, il se rendit à terre dans son canot au-dessus duquel flottait l'étendard royal. Quatre autres embarcations remplies d'officiers et d'hommes appartenant aux autres vaisseaux de guerre qui se trouvaient alors dans le port, venaient à la suite de celle du prince. En somme, le débarquement fut une superbe affaire. Les matelots étaient tous aux vergues et les vaisseaux de guerre tirèrent chacun un salut royal de 21 coups. En même temps, leurs équipages, ainsi que ceux des vaisseaux marchands et des bâtiments de transport firent entendre trois hourrahs. Au débarcadère, près du marché Champlain, le prince fut reçu par tous les principaux citoyens de la ville. Puis le cortége partit processionnellement de la Basse-Ville et gravit la côte de la montagne jusqu'à la Place d'Armes. Des détachements de milices provinciales formaient la haie le long des rues. Lorsque le prince mit pied à terre, aussi bien qu'à son arrivée à la place d'armes, le canon de la ville lui donna le salut royal. Sur toute la route que suivit la procession, Son Altesse fut accueillie par des sourires et des hourrahs. Les fenêtres étaient garnies de dames. En dépit de la pluie qui tombait à torrents, toutes les physionomies rayonnaient de joie et disaient combien la population était reconnaissante de posséder au milieu d'elle le fils du roi George III. Inutile de dire que le prince portait son uniforme de capitaine, ce qui ajoutait au plaisir que sa vue causait au peuple.

La journée se termina par un banquet donné au château. Le soir, on tira un feu d'artifice, et il y eut illumination par toute la ville. Telle fut la manière dont fut honorée la visite de premier fils de roi qui débarqua à Québec.

Le lendemain, le gouverneur, Lord Dorchester, alla

visiter le prince à bord de son vaisseau le Pégase où il était retourné. Lorsqu'il monta sur le navire et lorsqu'il le quitta, l'artillerie le salua de 19 coups de canon. Le soir du même jour, il y eut des adresses en Français et en Anglais. Jusqu'aux premiers jours de septembre, époque à laquelle le prince partit pour les Trois-Rivières, le temps se passa de la façon la plus joyeuse. On eut bals, revues de troupes sur les plaines d'Abraham et illuminations.

Sa visite aux Trois-Rivières terminée, le prince alla à Montréal. Là, comme à Québec, rien ne fut épargné pour fêter l'occasion. "Son Altesse, nous dit-on, dîna avec Lord Dorchester ; le soir, les troupes et la milice tirèrent le canon, et la ville fut magnifiquement illuminée. Les dames furent présentées au prince le lund'   oir du mardi, il y eut grand bal. On y lut plu....rs adresses dont une venant des magistrats et des citoyens et portant les signatures de sujets français et anglais indistinctement."

Après plusieurs jours passés à Montréal, le prince visita tour-à-tour Chambly et Sorel. Il arriva le 17 septembre à cette dernière place. Dans l'adresse qu'ils lui présentèrent, les habitants sollicitèrent de lui la permission de substituer pour leur ville au nom de Sorel celui de William Henry, en l'honneur de son heureuse visite.

Le 10 octobre, le Pégase quittait avec le prince le port de Québec.

Quarante-trois ans plus tard, en 1830, le prince devint roi d'Angleterre, sous le titre de Guillaume IV.

Il n'avait pas oublié son excursion au Canada, et toutes les fois que des Canadiens furent présentés à sa cour, il les accueillit et conversa avec eux du ton le plus affable.

213. Quatre ans après William Henry vint le prince Édouard, quatrième fils du roi George III. Son frère était venu en marin, avec son vaisseau ; le prince Édouard amena lui, son régiment, car il avait embrassé le métier des armes.

Lord Dorchester était encore gouverneur, mais à la veille de partir pour l'Angleterre.

La réception faite au prince Edouard ne semble pas avoir été tout-à-fait une aussi grande affaire que celle dont William Henry avait été l'objet. Pourtant, il y eut des saluts royaux, des revues, des bals, des banquets et d'autres façons de témoigner du respect à un fils de roi. Son Altesse ne tarda pas à attirer l'attention en accompagnant, très-peu de temps après son arrivée, les soldats de son régiment pour aider à éteindre un incendie dangereux. Grâce à cette conduite, le peuple conçut une haute idée de sa personne. Bientôt après, le 2 novembre, jour anniversaire de sa naissance, la la ville fut illuminée. En juin 1792, il y eut presque une émeute à l'occasion du choix qui se faisait d'un membre pour le comté de Québec. Le prince, qui se trouvait là, tâcha de calmer le peuple par un *speech* où il disait: "Ne me parlez plus de l'odieuse question qu'on ne cesse de soulever à propos de Français et d'Anglais. Vous êtes tous ici, et tous au même titre, les bien-aimés sujets canadiens du roi." Ces paroles furent accueillies par les applaudissements des auditeurs qui dès lors renoncèrent à toute mésintelligence entre eux.

Le prince remonta le cours du St. Laurent plus haut que n'avait fait son frère; car il visita la cataracte de Niagara en août 1792. Son séjour au Canada fut de deux ans et demi. Il quitta Québec pour se rendre aux Indes occidentales et se dirigea vers Boston par la route du Richelieu et du lac Champlain.

Le prince Edouard reçut, quelques années plus tard, le titre de *Duc de Kent*. S'il avait survécu au règne de Guillaume IV, il serait devenu roi ; mais il y avait alors dix-sept ans qu'il était mort.

Nos jeunes lecteurs, peut-être, n'ont pas besoin qu'on leur dise que ce même prince Edouard, ou Duc de Kent, fut le père de la reine Victoria.

Après son départ du Canada, il n'y eut plus de royale visite à la colonie pendant l'espace de 66 ans. Alors

int son petit-fils, qui est le prince de Galles et le fils.
iné de la Reine Victoria.

Nous parlerons de sa visite dans un des chapitres.
nivants.

CHAPITRE XLVII.

Le Haut et le Bas-Canada.—La grande guerre d'Amérique.

214. On a déjà dit q'après 1763, le Canada tout.
ntier avait reçu le nom de *Province de Québec*. Préci-.
ément à l'époque où le prince Edouard se trouvait
ans le pays, on le divisa en deux parties, savoir : le.
Iaut et le Bas-Canada.

Les deux nouvelles provinces étaient séparées l'une
e l'autre par la rivière Ottawa.

Il y eut d'autres changements à cette même époque,
791, changements faits par le roi et le parlement
'Angleterre qui voulaient que les Canadiens fussent
ontents et heureux.

Quand on eut ainsi fait deux provinces de la Provin-
e de Québec, certains colons qui ne pouvaient pas
'accorder en matière de religion ni sur d'autres points,.
urent à même de vivre séparés, autant qu'il leur
laisait.

215. Vingt ans environ après le partage du pays en.
eux provinces, son accroissement, au double point de
ue de la population et des richesses, se trouva arrêté
uelque temps par la guerre. Les Américains des
tats-Unis, qui constituaient dès lors une grande
ation, entrèrent en querelle avec l'Angleterre, et
omme ils ne pouvaient pas aller combattre l'Angle-
erre chez elle, ils vinrent l'attaquer au Canada. La
uerre dura de 1812 à 1815. Les détails historiques.
ui y ont trait suffiraient à remplir un gros volume.

Nos jeunes lecteurs se sentiront fiers de leur pays
uand ils seront en âge de lire tous ces détails. Ils
erront alors que la conduite des habitants du Haut et
u Bas-Canada fut au-dessus de tout éloge pour la.

manière dont ils défendirent leurs foyers et leurs autels. Les Américains tenaient à vaincre et à prendre le Canada. Ils firent de grands efforts pour y parvenir, mais le courage des Canadiens les en empêcha, et ils échouèrent complètement.

Dans un petit livre comme celui-ci, nous ne pouvons que mentionner quelques-uns des événements les plus remarquables et les plus intéressants de la guerre.

216. En 1812, le général Brock, Lieutenant-Gouverneur du Haut-Canada, livra bataille au général Hull, à Détroit. Hull fut battu et fait prisonnier avec son armée. Brock prit ensuite part à la bataille de Queenston, le 15 octobre. Malheureusement il y fut tué, mais les Américains furent défaits. Son corps fut enseveli sur les hauteurs et un monument érigé au dessus de sa tombe.

217. L'année suivante, 1813, il y eut une foule d'engagements sur terre et sur les eaux des lacs Erié, Ontario et Champlain. Les Anglais et les Canadiens furent battus plusieurs fois, notamment sur les lacs. Il y eut peut-être jusqu'à 20 batailles cette année-là, et ils en perdirent à peu près la moitié; mais ils gagnèrent des victoires fort importantes à Chateauguay et à un endroit nommé *Chrysler's farm*, sur la rive nord du St. Laurent. Si nous ne savions que c'est la vérité, nous aurions peine à croire ce que nous lisons sur la bataille de Chateauguay. Une armée américaine de plusieurs milliers d'hommes, sous les ordres du général Hampton, y fut battue par un corps d'environ 300 hommes que commandait le colonel Salaberry.

Hampton, paraît-il venait du lac Champlain avec l'intention de conduire son armée à Montréal, où il devait être rejoint par le général Wilkinson qui du lac Ontario amenait une autre armée par la voie du St. Laurent. Salaberry posta ses hommes parmi les buissons et derrière des abattis d'arbres, sur le bord de la rivière Châteauguay. Il savait qu'Hampton passerait par là, et que le terrain était trop raboteux et trop inégal pour que ce général pût ou le traverser ou le prendre.

Il donna aussi aux Américains lieu de croire qu'il avait avec lui des corps de troupes considérables, en plaçant hors de vue, sur cinq ou six points différents, et à quelque distance les uns des autres, des trompettes à qui il avait recommandé de sonner de leurs instruments.

Cependant, les Américains arrivèrent aux abattis d'arbres, de l'autre côté desquels partit un feu très vif dirigé contre eux. Ils craignaient de s'enfoncer plus avant pour combattre un ennemi qu'ils ne pouvaient voir. Le feu dura quatre heures, Salaberry et ses hommes maintinrent leurs positions avec tant de bravoure, qu'enfin le général américain renonça à la lutte et se replia sur le lac Champlain.

Au bout de quelques jours, la nouvelle de la défaite d'Hampton parvint aux Américains placés sous la conduite de Wilkinson. Ce général descendait le St. Laurent dans l'espoir d'opérer sa jonction avec Hampton, à Montréal. Mais, le 11 novembre, il fut lui-même battu à *Chrysler's farm*, où il perdit un de ses généraux et 200 hommes. Lui aussi abandonna donc ses desseins sur Montréal, et se mit en marche pour regagner son pays.

Salaberry et Morrison furent tous deux remerciés publiquement de leurs victoires. Sans leur courage et leur habileté, Montréal aurait pu succomber. Du moins, ils épargnèrent au pays bien des conflits sanglants et des dépenses.

Une médaille d'or fut frappée en l'honneur de Salaberry.

218. La guerre continua pendant toute l'année 1814. Partout les Anglais et les Canadiens se battirent bravement, et les Américains eurent recours à tous les moyens pour se rendre maître du Canada.

À *Lundy's Lane*, près des chûtes de Niagara, le général Gordon Drummond, Lieutenant-Gouverneur du Haut-Canada, fut victorieux. La bataille dura sept heures, depuis l'après-midi jusqu'au milieu de la nuit. Les deux armées perdirent chacune plus de 700 hommes. Ce fut l'action la plus sanglante de toute la guerre. Les soldats anglais et les milices du Haut-Canada prouvèrent aux Américains de quoi sont capables des hommes courageux qui se battent pour la défense de tout ce qui leur est cher.

Malheureusement, Drummond essuya ensuite, au Fort Érié, un échec qui lui coûta environ 1000 hommes.

Au mois de septembre de cette année, le gouverneur Général, Sir George Prevost se mit à la tête d'un corps considérable de troupes pour attaquer les Américains à Plattsburg, sur le lac Champlain. L'affaire manqua complètement et fit du tort à la réputation de Prevost. Sans la victoire de Lundy's Lane, et les succès obtenus sur le lac Ontario, le Canada aurait eu le dessous dans la campagne de 1814. Cependant la fin de la guerre arriva. L'Angleterre et les Etats-Unis firent la paix le 24 décembre.

219. Avant de clore ce chapitre, il faut que nous disions quelque chose des Indiens qui combattirent du côté du Canada. Les Mohawks alors établis sur des terres du Haut-Canada, étaient sous leur fameux chef Brauldt. A l'exemple de son père, Brauldt se montra l'allié fidèle et l'ami des Anglais. Lui et ses guerriers servirent sous Brock et se battirent bravement à l'affaire des hauteurs de Queenston.

Tecumseh était un autre chef de renom, partisan des Anglais. C'était un Huron, le plus grand depuis Pontiac. Lui et ses guerriers firent preuve de la plus grande bravoure durant la guerre.

Sans doute, les Indiens se livraient quelquefois au pillage et enlevaient les chevelures des morts. Mais il n'y avait plus de ces cruautés envers les prisonniers et les blessés, si communes autrefois Les principaux chefs étaient plus civilisés ; ils portaient même l'uniforme et recevaient la paie comme d'autres officiers. On raconte, à propos des Brauldt, qu'ils tenaient maison, et traitaient leurs visiteurs exactement comme le feraient des Anglais ou des Français bien élevés. Ils avaient des nègres pour servir leurs hôtes. Afin d'effrayer ses domestiques de couleur et de leur ôter par là toute idée d'évasion, le vieux Brauldt avait coutume de leur dire : si vous tentez de décamper vous ne vous échapperez pas : je me mettrai à votre poursuite avec mon tomahawk, même jusqu'en Georgie.

Brauldt et Tecumseh étaient tous deux grands admirateurs du général Brock. Mais Tecumseh n'avait

PORTRAIT DE TECUMSEH.

pas une haute opinion du général Proctor, sous les ordres duquel il servit en dernier lieu. Proctor perdit une bataille, le 5 octobre 1813, à un endroit connu sous le nom de Moraviantown sur la Tamise, rivière qui se jette dans le lac St. Clair. C'est à cette bataille que Tecumseh fut tué. Il avait dit précédemment au général Proctor : Vous n'agissez ni ne parlez nullement comme le général Brock. Lorsque vous voulez que nous nous portions en avant, vous dites "Marchez;" au lieu que Brock disait "Marchons!"

Les Anglais faisaient un tel cas des services de Tecumseh, qu'après sa mort ils donnèrent des pensions pour le soutien de sa famille.

Tecumseh remporta une des premières victoires de la guerre, à un endroit qu'on appelait Messaga, où il défit un officier américain nommé Van Horne.

CHAPITRE XLVIII.

Rébellion au Canada.

220. Après la guerre de 1814, le Canada grandit rapidement en forces et en richesses. 25 ans s'étaient écoulés sans guerre ni effusion de sang. Les 65.000 Français dont se composait la colonie en 1763 s'étaient multipliés au point d'atteindre le chiffre d'environ un demi-million. Le nombre des habitants qui parlaient la langue anglaise était encore plus considérable en comptant ceux des deux Provinces. Malheureusement il y avait des causes de troubles au sein du peuple lui-même, causes que nous ne pouvons présenter sous une forme claire ou intéressante aux jeunes lecteurs pour qui ce livre est écrit. Qu'il suffise de dire qu'en 1837 et 1838, le mécontentement conduisit à la rébellion. Les chefs du mouvement dans le Bas-Canada s'appelaient *Louis Papineau et Wolfred Nelson.*

221. Dans le Haut-Canada, où le chef était William Lyon McKenzie, la rébellion fut réprimée sans peine dès son début. Sir Francis Bond Head était Lieutenant-Gouverneur. Aidé de Sir Allan McNab, il mit en déroute McKenzie et ses adhérents. Ceux-ci s'enfuirent aux Etats-Unis. Là ils trouvèrent beaucoup d'amis dits *sympathyseurs* qui les aidèrent à maintenir une sorte d'état de guerre sur la frontière du Canada.

McKenzie et ses partisans, qui s'intitulaient *les patriotes* formèrent un camp à *Navy Island* justement au-dessus des chûtes de Niagara où ils montèrent une batterie pour tirer contre la rive canadienne. Les provisions et autres articles leur étaient fournis par les Américains. Ils avaient un bateau à vapeur, appelé *la Caroline* qui venait de la rive américaine leur apporter les approvisionnements à Navy Island. C'était, pensait-on, bien mal aux Américains que de permettre qu'on se servit de ce bateau pour un tel objet. Sir Allan McNab donna donc ordre au lieutenant Drew d'aller avec quelques hommes en faire la capture.

La nuit venue, Drew traversa la rivière, et aborda avec ses hommes à l'endroit où la *Caroline* était amarrée sous la garde des "patriotes." Après un combat où il y en eut quelques-uns de tués et de blessés, la *Caroline* fut prise. Drew et sa troupe cherchèrent à la remorquer à travers la rivière ; mais comme le courant était trop fort, ils y mirent le feu et la laissèrent flotter en aval vers les chûtes de Niagara. Le navire en feu atteignit, dit-on, les chûtes où il tomba, semblable à une énorme gerbe de flammes et offrant un coup d'œil grandiose au milieu des ténèbres de la nuit. Cette affaire faillit amener une guerre entre la Grande-Bretagne et les Etats-Unis. Cependant, les Américains cessèrent dès lors de faire passer de leur rive des approvisionnements à Navy Island ; et les "patriotes" l'évacuèrent.

222. Le Bas-Canada fut le théâtre d'engagements meurtriers en 1837 et en 1838. Le commandant des forces, Sir John Colbourne, envoya des troupes à divers endroits où des rebelles s'étaient assemblés en armes. Tous finirent par se soumettre ou par s'enfuir aux Etats-Unis. Au demeurant, ce fut une triste affaire. Pendant un certain temps les geôles regorgèrent de prisonniers. Quelques-uns furent pendus après jugement et sentence capitale. D'autres furent condamnés à la déportation à vie.

Les principales localités du Bas-Canada où il y eut

effusion de sang et destruction de propriétés furent St. Denis et St. Charles sur le Richelieu ; St. Eustache et St. Benoît, au-dessus de Montréal. A St. Eustache, une foule de personnes s'étaient réfugiées dans l'église pour échapper aux troupes. Chose triste à raconter ! L'édifice fut mis à feu, et il n'en périt pas un petit nombre dans les flammes. A St. Benoît, beaucoup de bâtiments furent aussi détruits par l'incendie.

223. Le comte de Durham était arrivé d'Angleterre, en qualité de gouverneur-général, avant que la rébellion fût complètement étouffée. Le hasard voulut que dans la même année, 1838, Victoria était couronnée reine d'Angleterre. C'était avant qu'eussent éclaté les pires insurrections de cette année là. Le comte de Durham fit grâcier ceux qui se trouvaient en prison, comme rebelles, le jour du couronnement de la reine, à l'exception de vingt-quatre détenus qui furent déportés aux Bermudes. Cet acte de clémence fut accueillit avec joie au Canada, mais il ne fut pas approuvé du peuple anglais. Le comte cessa donc d'être gouverneur et s'en retourna en Angleterre.

CHAPITRE XLIX.

Le Canada-Uni.

224. Pour mettre un terme aux troubles qui avaient amené la rébellion, on réunit les deux Provinces. L'union prit date du 10 Février, 1841. A partir de cette époque, il ne devait plus y avoir qu'un Parlement, au Canada, au lieu de deux, comme par le passé. Le Canada-Uni comprit alors de nouveau toute la région qui avait porté le nom de *Province de Québec* jusqu'à l'année 1791. Mais il y avait cette grande différence qu'en 1791, la population était beaucoup plus faible, et qu'en 1841, elle dépassait *un million* d'âmes. Les 65,000 Français qui se trouvaient dans la colonie, en 1763, avaient atteint le chiffre de près d'un demi million,

et il y avait environ le même nombre de personnes dont la langue maternelle était l'anglais.

La reine et le parlement Impérial espéraient qu'a-près l'Union, il n'y aurait plus de ces troubles qui avaient produit la rébellion.

La ville de Kingston fut d'abord choisie pour capi-tale ; puis, ce fut Montréal ; ensuite, après 1849, Québec et Toronto, alternativement.

La colonie continua de grandir à tous égards ; mais l'accroissement fut beaucoup plus rapide dans le ci-devant Haut-Canada que dans le Bas-Canada, et tout le monde put se convaincre par le *recensement* de 1851, que le Haut-Canada aurait avec le temps une population beaucoup plus nombreuse que le Bas-Canada. On trouva donc que pour cette cause et pour d'autres raisons, l'Union de 1841 ne pouvait pas durer, et les Hauts-Canadiens qui dès lors constituaient la majorité de la population du Canada-Uni désirèrent une sépa-ration.

On demanda à la reine et au parlement d'Angleterre de faire les changements relatés dans le dernier chapi-tre de ce livre.

CHAPITRE L.
Visite du Prince de Galles.

225. En 1859, le peuple canadien, par l'entremise du Parlement, invita la reine à vouloir bien honorer le pays d'une visite. Il donnait pour principale raison de cette demande le désir que Sa Majesté fût présente à l'inauguration du grand pont construit sur le St. Laurent, à Montréal ; ce pont était alors presque ter-miné et déjà il avait reçu, en l'honneur de la reine, le nom de " *Pont Victoria*." Sa Majesté répondit à l'in-vitation en faisant savoir qu'elle ne pourrait pas venir elle-même, mais qu'elle enverrait son fils aîné à sa place.

226. Albert Edouard, prince de Galles, quitta l'Angleterre pour venir en Amérique, le 10 juillet 1860. Un grand vaisseau de guerre, le *Hero* de 90 canons l'amena de l'autre côté de l'Atlantique. Outre le Hero, il y avait un navire plus petit nommé l'Ariadne. La flotille toucha à Terreneuve le 23. Le prince, en venant au Canada, visita non-seulement Terreneuve, mais encore la Nouvelle-Ecosse, le Nouveau-Brunswick et l'Ile du Prince Edouard. Le dimanche, 10 Août, il arriva au Bassin de Gaspé. Là, il trouva le Gouverneur-Général, Sir Edmund Head qui était allé à sa rencontre aves ses ministres pour lui souhaiter la bienvenue. Le 18 août, le Hero fit son entrée dans le port de Québec. A l'instant même de son arrivée, tous les canons de la cité et ceux des bâtiments en rade l'annoncèrent à la fois par un "salut royal," suivi d'un second, aussitôt que Son Altesse eut mis pied à terre au débarcadère où se trouvait une grande réunion de personnages distingués pour la recevoir. Outre Sir Edmund Head, les ministres, l'ambassadeur anglais à Washington, les fonctionnaires du gouvernement du Canada, les évêques et les membres du clergé, il y avait une foule de gens venus de toutes les parties de la Province.

Le maire de Québec présenta une adresse d'abord en français, puis en anglais. Après la réponse du prince, le cortége se mit processionnellement en marche derrière sa voiture par la côte de la Montagne et à travers la ville. Les rues étaient bordées d'une double haie de soldats. Partout on ne voyait que drapeaux, bannières, et magnifiques arcs de triomphe ornés de verdoyants rameaux. Le temps était fort pluvieux, précisément comme le jour où le grand oncle du prince de Galles avait débarqué au Canada en 1787. Mais rien ne pouvait refroidir les sentiments de la multitude ni diminuer sa joie de voir au milieu d'elle l'héritier de sa reine bien-aimée. Le prince fut conduit par les rues de la cité et par les plaines d'Abraham à la résidence du gouverneur. Au cortége était mêlé un corps d'Indiens de Lorette. Ces descendants des Hurons qui avaient jadis combattu les Anglais sur ces mêmes plaines saluèrent ce jour-là Son Altesse d'un de leurs sauvages cris de guerre.

Le soir, le coup d'œil fut des plus grandioses. Voici la description qu'en donne un écrivain. "En dépit de la pluie qui n'a pas cessé un moment, nous avons eu une illumination superbe. Les édifices publics, les

Baie de Gaspé.

églises, les couvents, l'université et nombre de résidences particulières avaient été préparés avec beaucoup de goût pour cette fin. Tout resplendissait de belles lumières diversement coloriées et entrelacées de jolies devises en français et en anglais. Pauvres comme riches, tout le monde avait contribué à la magnificence du spectacle, et l'on n'eût pu trouver une seule vitre qui ne fût éclairée de sa bougie ou de sa lampe. La campagne tout entière semblait illuminée. On eût dit que la Pointe-Lévis, Beauport et le hâvre étaient tout en feu.

De la terrasse Durham, le coup-d'œil dépassait en splendeur tout ce que l'imagination peut concevoir.

Il serait fastidieux de continuer ce récit de la première réception du prince de Galles, en donnant des détails sur toutes ses visites à Québec ou dans les environs et sur les nombreuses adresses qui lui furent présentées et auxquelles il répondit.

Les présidents des Chambres du Parlement furent faits chevaliers. L'un d'eux était Sir Narcisse Belleau, aujourd'hui lieutenant-gouverneur de la Province de Québec.

Le dimanche suivant, le prince alla entendre le service Divin à la cathédrale anglaise. Il fut reçu à la porte par l'évêque. Le lendemain, après avoir reçu les adresses des Chambres du Parlement, Son Altesse tint un lever où furent présentées plus de mille personnes. Le soir, il y eut grand bal et illumination des vaisseaux. Une partie du jour suivant fut consacrée à visiter l'université Laval et le couvent des Ursulines.

Nous verrons que le plan arrêté pour la visite du prince était sur une si grande échelle qu'il ne pouvait guère rester longtemps à une même place.

Ainsi, il n'eut que cinq jours à donner à Québec. Le 23 août, il partit à bord d'un *steamer* nommé le *Kingston* et monta aux Trois-Rivières où il ne fit qu'un très-court séjour. De là il continua sa route vers Montréal. A son approche, apparut une flotte de bateaux à vapeur qui descendaient à sa rencontre. Ils étaient tous peints en belles couleurs et décorés de vertes branches de sapin. Ils avaient aussi tous à bord des corps de musique et une foule de passagers de la ville. A peine le *Kingston* fut il en vue, que sa présence fut annoncée par un salut assourdissant où se confondaient le tonnerre de l'artillerie, le son des instruments de musique et les acclamations d'une multitude de curieux. Cependant, la pluie tombait toujours et, pour cette raison, le débarquement à Montréal fut ajourné au lendemain.

229. L'heure convenable venu, le prince débarqua

au quai, où, sur une plateforme, il reçut l'adresse que lui lut le maire, au nom de la cité. Lorsque cette lecture fut terminée et que le prince y eut répondu, la foule, qui se pressait sur les quais, poussa un long et vigoureux hourrah. Puis l'air se remplit du grondement des canons du port et de l'île Ste. Hélène, ainsi que des sonneries de toutes les cloches de la cité que dominait la grande voix du bourdon de l'église paroissiale Notre-Dame, l'une des plus grosses cloches de l'Amérique du Nord.

Ce jour-là, le prince avait devant lui une grande tâche: c'était la célébration de l'ouverture du pont Victoria. Mais, d'abord, il se rendit, rue de l'Université, au "Palais de l'Exposition," terminé depuis peu. Là, il entendit une adresse que lui lut Sir Edmund Head et dans laquelle on lui demandait de déclarer que désormais le Palais de l'Exposition serait ouvert au public. On avait l'intention d'en faire un lieu d'exposition pour les œuvres d'art et d'industrie canadiennes, ainsi que pour les productions minérales du pays.

CHAPITRE LI.

Inauguration du pont Victoria.

230. En quittant le Palais de l'Exposition, le prince fut conduit à la Pointe St. Charles où, tout près de la maçonnerie en pierre de taille du pont, lui et sa suite montèrent sur une vaste plateforme. De rechef, les canons de l'île Ste. Hélène et des vaisseaux de guerre tirèrent le salut royal auquel répondirent les acclamations d'une foule immense.

Après la lecture d'une adresse et la réponse qui y fut faite, M. Hodges, constructeur du pont, tendit au prince une médaille d'or et une belle truelle d'argent qui servit à Son Altesse à poser la dernière pierre du faîte de l'arche située au dessus de la grande entrée. Quand cela fut fait, le prince descendit de la plateforme et fut conduit au centre du pont. Là, on lui mit dans la main, en même temps qu'un maillet, une cheville ou verrou d'argent, la dernière d'un million de chevilles à l'aide desquelles on avait fait tenir ensemble toutes les plaques de fer qui garnissaient les côtés et le faîte du pont. Son Altesse plaça la cheville dans le trou laissé à cet effet; puis elle l'enfonça avec le maillet, et la grande œuvre fut achevée. Ensuite, il y eut un banquet qui avait été préparé par la compagnie du Grand-Tronc. Les invités étaient au nombre de six cents personnes. Entre autres *toasts* qui y furent portés, on but, sur la proposition du gouverneur-général, à la santé du prince de Galles. Puis, le prince but à la santé du gouverneur-général, à la prospérité du Canada et au succès de la compagnie du Grand-Tronc. Après le banquet, Son Altesse visita les ateliers. Les ouvriers qui avaient été employés aux travaux du pont présentèrent une adresse à laquelle le prince répondit en termes pleins de bienveillance et de noblesse.

Le soir, il y eut illumination de la ville et du port, avec feux d'artifice sur toute la longueur du pont Victoria. Tel fut le dénouement des scènes qui signalèrent cette mémorable journée. Le prince lui-même voulut faire un tour de voiture pour voir le feu d'artifice et les brillants décors qui tapissaient les murs des édifices, mais l'immense foule qui encombrait les rues ne lui permit pas d'avancer; seulement les vivats qui retentirent à ses oreilles lui prouvèrent qu'il avait été reconnu.

Le lendemain était un dimanche. Le prince assista de nouveau au Service Divin à la cathédrale anglaise.

231. Le lundi il fut témoin des jeux et des danses des Indiens de Caughnawaga. Après quoi, il reçut au Palais de Justice plus de deux mille personnes qui lui furent présentées, sans compter une infinité d'adresses, dont l'une des plus intéressantes venait de ceux des miliciens du Bas-Canada qui avaient servi à la guerre de 1812. Comme il s'était écoulé près d'un demi-siècle

depuis ce temp, il est clair que le nombre des survivants ne pouvait pas être considérable. Aussi, cette adresse-là ne portait-elle que très-peu de signatures.

232. Le soir du même jour, les habitants de Montréal donnèrent un grand bal en l'honneur du prince.

Le local où il se donna, était une vaste rotonde en bois dont l'intérieur destiné à servir pour la danse et l'orchestre avait 215 pieds de diamètre. On avait fait construire ce local à grand'peine et à grands frais pour l'occasion. Deux mille becs de gaz l'éclairaient sur tout son pourtour, à l'intérieur, étaient des petites chambres surmontées d'une galerie. L'orchestre figurait au centre sur une plateforme. Plus de quatre mille personnes assistèrent au bal. Jamais auparavant, ni depuis, le Canada n'a vu pareil bal ni pareille salle de bal, et jamais affaire de cette sorte ne réussit mieux.

Le soir du jour suivant, cette immense construction servit à un autre usage. On y donna un concert auquel furent présentes au moins 8000 personnes.

223. Pendant son séjour à Montréal, le prince alla visiter plusieurs localités que leur proximité de la ville permettait d'atteindre dans de courts voyages. De ce nombre furent Lachine, St. Hyacinthe et Sherbrooke. A Sherbrooke, les populations de toutes les parties des cantons de l'Est accoururent en foule pour le voir et lui souhaiter la bienvenue. Des adresses lui furent présentées, et il y eut lever au château de l'Honorable, aujourd'hui Sir Alexander Galt.

Finalement, Son Altesse quitta Montréal le 31 août.

234. Nous ne pouvons pas ici suivre le Prince dans le voyage qu'il fit au-dessus de Montréal et par les principales places du Haut-Canada. Si nous pouvions le faire, on verrait que partout il reçut des populations les plus fortes preuves qu'elles pussent donner de leur loyauté et de leur affection. Sans doute, dans les villes et les bourgs de moindre importance, les habitants ne purent pas déployer autant de pompe que ceux de Québec et de Montréal ; mais il y eut de leur part le

même esprit de libéralité, la même bonne volonté de-faire honneur au fils de la reine Victoria.

235. Après avoir atteint la frontière occidentale du Canada, le Prince passa aux Etats-Unis. Là il se livra quelque temps au plaisir de la chasse dans les prairies. Puis, il visita un grand nombre des principales villes du Sud jusqu'à la Virginie et la capitale de l'Union Américaine. A Washington, il reçut le plus cordial accueil du Président et des citoyens. En Virginie, il alla voir la tombe du général Washington, au Mont Vernon, où, sur la demande que lui en fit le Président, il planta un arbre près de la tombe.

Inutile de dire que le prince de Galles vit New-York et Boston. Il ne revint pas au Canada. Le Hero et l'Ariadne l'attendirent à Portland. Ce fut la dernière ville que Son Altesse visita en Amérique.

236. Du commencement à la fin, le voyage ne fut pas de moins de 6000 milles dans l'Amérique du Nord. Ce fut bien certainement le voyage le plus étonnant qui eût jamais été fait en moins de trois mois, si l'on tient compte du rang du voyageur, de ce qu'il vit et de la distance parcourue.

Le 20 octobre 1860, le prince quitta Portland pour retourner en Angleterre.

CHAPITRE LII.

Discorde.— Le Prince Albert.— L'exposition universelle.— Incursion des Féniens.

237. On a vu que le Haut et le Bas-Canada ne pouvaient pas marcher ensemble. Très-souvent il arrivait que les chefs politiques d'une province ne s'accordaient pas avec ceux de l'autre sur des questions de législation et autres. C'est ce qui était arrivé quelque temps avant la visite du Prince de Galles. On avait essayé, en 1856, de faire choix d'un *Siége de Gouvernement* ou capitale. Toutes les localités considérables,—Qué-

bec, Montréal, Kingston, Toronto, Hamilton—avaient
été tour-à-tour mises sur le tapis. Mais on n'avait pu
s'entendre sur aucune. On demanda donc à la reine
de vouloir bien elle-même régler l'affaire. Sa Majesté
choisit *Bytown*, dont le nom fut changé en celui d'Ottawa, et qui depuis a toujours été la capitale du Canada.
Après la visite du Prince, ce manque de concorde
devint de plus en plus évident et plusieurs personnes
commencèrent à penser qu'il aboutirait à la ruine du
pays.

Fort heureusement, on trouva un plan pour remédier
au mal. Ce fut de réunir toutes les provinces anglaises
de l'Amérique sous un seul parlement, et de donner à
chaque province un parlement distinct. Dans le chapitre qui suit nous parlerons de ce plan au long.

239. Dans la dernière partie de 1861, on reçut
d'Angleterre une nouvelle bien propre à attrister tous
les fidèles sujets de notre bonne Reine. Son époux, le
père du jeune prince de Galles, dont la visite récente
avait tant réjoui les cœurs—le prince Albert était
mort, à la fleur de l'âge, emporté par la fièvre. Sa
mort fut un coup bien cruel pour la reine.

240. Dans le cours de la même année, la guerre
civile éclata aux États-Unis. C'était, en réalité, une
rébellion des États du Sud de l'Union. Elle dura depuis
1861 jusqu'en 1865, et les autres nations du globe en
ressentirent les effets. Pendant quelque temps on eût
pu craindre que l'Angleterre ne fût aussi engagée
dans une guerre contre les États. Si ces appréhensions
s'étaient réalisées, on aurait vu le Canada redevenir
un champ de bataille. Heureusement on n'eut pas à
déplorer un si triste résultat.

241. En 1862, il se tint à Londres une *grande exposition*, ou *foire universelle*, à laquelle le Canada prit part.
Feu le prince Albert s'était donné beaucoup de peine
pour préparer cette exposition, ainsi qu'une autre plus
ancienne tenue en 1851. Le Canada obtint beaucoup
de prix et se fit grand honneur pour ses grains, ses
bois de construction et ses minéraux, ainsi que pour les

échantillons de l'industrie et de l'habileté de ses habitants, qu'il envoya à l'exposition pour être comparés à ceux des autres peuples.

242. Sir Edmund Head cessa d'être gouverneur peu de temps après la visite du prince de Galles. Il eut pour successeur Lord Monk qui se trouva être le dernier gouverneur du Canada-Uni et le premier de la Puissance.

243. C'est au temps de Lord Monk, que les gens connus sous le nom de *Féniens*, commencèrent à être un sujet d'inquiétudes et d'alarmes pour les Canadiens. Ils constituaient une société ou *fraternité* qui avait pour objet de séparer l'Irlande de l'empire britannique.

En 1866, le dernier jour de mai, une horde de Féniens des Etats-Unis traversa la rivière Niagara à un endroit situé un peu au-dessus de la ville de Buffalo. Il en vint environ 1200, qui établirent un camp au village du fort Erié. Il n'y avait personne pour leur opposer résistance au vieux Fort ; le peu d'habitants qui se trouvaient dans le voisinage étaient partis. Les Féniens envoyèrent alors quelques bandes faire mainbasse sur les chevaux, les provisions et tous articles qu'elles pourraient trouver chez les plus proches habitants.

Certes, ce n'était pas là faire la guerre, mais pratiquer le vol. Les chefs des envahisseurs dirent aux Canadiens qu'ils n'avaient aucun sujet de se quereller avec le peuple du pays, que c'était l'Angleterre qu'ils voulaient combattre, et que les Canadiens seraient bien traités s'ils consentaient à se tenir tranquilles. Cependant, comme les Féniens venaient en réalité pour piller et pour tuer, autant valait dire : "Nous ne vous en voulons pas le moins du monde ; soyez nos amis, tandis que nous nous battrons contre ceux qui tiennent pour l'Angleterre ; mais nous commencerons par vous assommer et vous voler."

A peine les Féniens avaient-ils posé le pied sur le sol canadien, que le télégraphe annonçait partout au

Canada la nouvelle de leur arrivée, et que cette nouvelle était connue d'un bout à l'autre des Etats-Unis. A Toronto et Hamilton, on mit immédiatement sur pied des corps de volontaires et de troupes réglées pour aller les chasser. De tous côtés on prit des mesures pour protéger la Province contre toute attaque fénienne dirigée sur d'autres parties de la frontière. Non-seulement ceux qui habitaient le Canada volèrent à la défense de la patrie, mais des Canadiens domiciliés aux Etats-Unis s'empressèrent d'offrir leurs services,

Des centaines de jeunes gens envoyèrent de New-York et de Chicago, par voie télégraphique, l'offre de venir combattre pour la défense de leur pays natal. Quelques-uns même qui trouvaient à Chicago des moyens d'existence, renoncèrent à leurs positions et s'en vinrent à Toronto. Heureusement, on n'eut pas besoin de leur concours. Les Féniens se portèrent du fort Érié à un endroit qu'on appelait Ridgeway, que venait d'occuper un corps de milice du régiment des "Queen's Own," et quelques jeunes gens de l'Université de Toronto réunis sous le commandement du colonel Booker. Une escarmouche s'engagea et les Canadiens furent forcés de se replier. Les Féniens étaient armés de bonnes carabines et beaucoup des leurs avaient servi dans la dernière guerre civile des Etats-Unis. On a donné à cette escarmouche le nom de "Bataille de Ridgeway." Il y eut des tués et des blessés de part et d'autre. Parmi les tués étaient plusieurs beaux et braves jeunes gens de l'Université de Toronto.

Cependant, les Féniens ne tardèrent pas à perdre courage et reprirent le chemin du fort Érié. Bientôt ils apprirent que le colonel Peacock marchait contre eux avec un régiment de soldats anglais et quelques compagnies de milice.

Lorsque les forces du colonel Peacock arrivèrent au fort Érié, les Féniens avaient tous traversé la rivière en désordre pour regagner les Etats-Unis.

Ainsi finit l'incursion fénienne dans le Haut-Canada. Elle avait duré environ quatre jours.

Sur quelques points des frontières du Bas-Canada, on crut remarquer que des corps de Féniens se préparaient à passer la ligne ; mais il ne résulta rien de ces indices. Quelques Féniens furent faits prisonniers et envoyés à la geôle.

Du commencement à la fin, les actes des Féniens, au au mois de juin 1856, ne furent rien moins que des vols et des assassinats commis sous le malicieux prétexte de faire du bien à l'Irlande.

A dater de cette époque, nous avons toujours eu à nous tenir sur nos gardes, de crainte d'une autre incursion fénienne.

244. Nous voici maintenant presque arrivés à la fin de l'histoire. Le court chapitre qui suit et qui a encore trait à la Puissance, sera le dernier.

Un petit ouvrage comme celui-ci ne pouvait évidemment pas comprendre tous les événements ni tous les faits. Les plus importants suffisent d'abord à intéresser et à instruire les jeunes enfants pour qui le livre est écrit. Un jour à venir, quand ils seront assez âgés pour prendre un ouvrage plus volumineux et plus complet, ils pourront étudier à fond la belle histoire du Canada.

CHAPITRE LIII.

Puissance du Canada.

245. La Puissance du Canada se compose maintenant de quatre provinces : Ontario (Haut Canada), Québec (Bas-Canada), le Nouveau-Brunswick et la Nouvelle-Ecosse.

Chaque Province a son parlement pour faire des lois relatives à son intérêt particulier respectivement.

Il y a aussi pour la Puissance un parlement dont la mission est de passer des lois d'un égal intérêt pour toutes les provinces.

Le peuple choisit des membres chargés de le représenter dans le parlement fédéral et aux parlements locaux.

Les villes capitales sont Ottawa pour la Puissance, Toronto pour Ontario, la cité de Québec pour Québec. Frédéricton pour le Nouveau-Brunswick, et Halifax pour la Nouvelle-Ecosse.

On avait projeté de faire aussi entrer dans la Puissance Terreneuve et l'Ile du Prince Edouard, mais la population de ces deux provinces a exprimé le désir de rester comme elle était.

246. La Puissance du Canada fut créée par la reine et le parlement d'Angleterre, conformément au désir des quatre provinces. L'un des objets était d'en finir avec tout ce que présentait de défectueux l'union du Haut et du Bas-Canada. On avait aussi pour but de constituer une forte nation, en réunissant les diverses provinces britanniques de l'Amérique du Nord.

Le jour d'inauguration de la Puissance du Canada fut fixé par la reine au 1er Juillet 1867.

FIN.

CHRONOLOGIE

POUR

L'HISTOIRE DU CANADA, A L'USAGE DE L'ENFANCE.

—

1534—Premier voyage de Cartier au Canada.
1535—19 Mai, Cartier met à la voile pour son second voyage.
1541—23 Mai, Cartier met à la voile pour son troisième voyage.
1542—Voyage de Roberval au Canada.
1549—Mort de Roberval.
1567—Champlain né aux Brouages en France.
1589—Henri IV, roi de France.
1608—5 Juillet, Fondation de Québec par Champlain.
1609—28 Juillet, Champlain combat les Iroquois.
1610—Mort de Henri IV, l'ami de Champlain.
1611 et 1613, Champlain visite les Outaouais.
1515—Troisième expédition contre les Iroquois.
1625—Des missionnaires jésuites arrivent au Canada.
1628—Fondation de la compagnie des cent associés par le cardinal
    Richelieu.
1629—Juillet, prise de Québec par les Anglais.
1632—Québec rendu à la France.
1633—23 Mars, retour de Champlain à Québec.
1635—Mort de Champlain, le jour de Noël.
1636—Montmagny, second gouverneur.
1639—1er août, Madame de la Peltrie arrive à Québec—Fondation
    du couvent des Ursulines.
1642—Fondation de Montréal par Maisonneuve.
1644— à 1648, guerre entre les Iroquois et les colons.
1648—D'Aillebont, troisième gouverneur du Canada.
1649—Défaite des Hurons par les Iroquois.
1650—Incendie du couvent des Ursulines de Québec.
1651—De Lauzon, gouverneur.
1658—D'Argenson, gouverneur.
1659—Arrivée Mgr l'évêque Laval au Canada.
1660—Dollard sauve le Canada par son héroïsme.
1661—D'Avaugour, gouverneur.
1?63—De Mésy. gouverneur—La compagnie des associés dissoute.
1664—30 Mars, Bataille livrée sur le site de la Place d'Armes
    Montréal.

1665—Arrivée de Tracy et du régiment de Carignan—De Courcelle, gouverneur.

1669—Retour de de Tracy en France.

1671—Mort de madame de la Peltrie.

1672—Le comte de Frontenac, gouverneur.

1673—Découverte du Mississipi.

1682—M. de la Barre, gouverneur.

1684—De Denonville, gouverneur.

1689—4 août, Massacre de Lachine.

1690—Massacres de Schenetady et de *Salmon Falls*—Défaite de l'amiral Phipps.

1697—Paix entre l'Angleterre et la France.

1698—28 novembre, mort de Frontenac à Québec.

1701—Grande réunion des Indiens à Montréal.

1703—Mai, mort du successeur de Frontenac, le gouverneur Callière.

1710—Invasion du Canada par Walker et Nicholson.

1713—Paix pendant plus de 30 ans.

1725—10 octobre, mort du gouverneur de Vaudreuil.

1726—Le marquis de Beauharnois, gouverneur.

1742—Visite à Québec d'une Iroquoise âgée de 139 ans.

1753—Erection des forts Duquesne et Nécessité.

1754—Mort de Jumonville et prise du fort Nécessité.

1755—Défaite et mort du général Braddock—Défaite du baron Dieskau—Dispersion des Acadiens.

1756—Arrivée de Montcalm—Capture d'Oswego.

1757—9 août, prise du fort William-Henry.

1758—Défaite du général Abercrombie—Prise de Louisbourg—Famine au Canada.

1859—Siége de Québec—23 Juillet, Wolfe est repoussé—13 septembre, première bataille des plaines d'Abraham—18 septembre, capitulation de Québec.

1760—28 avril, seconde bataille des plaines—8 septembre, reddition de Montréal et de tout le Canada.

1763—Le Canada cédé à l'Angleterre par la France.

1764—Insurrection des Indiens sous Pontiac.

1775—Révolte des colonies anglaises—Siége de Québec par les Américains.

1776—1er janvier, mort du général Montgomery.

1787—14 août, visite du prince William-Henry au Canada.

1791—Visite du prince Edouard au Canada—Division de la Province de Québec en Haut et Bas-Canada.

1812—Guerre d'Amérique—Bataille des Hauteurs de Queenston, 13 octobre.

1313—26 octobre, bataille de Châteauguay—11 novembre, bataille de Chrysler's Farm.

1814—24 juillet, bataille de Lundy's Lane—24 décembre, paix avec les Etats-Unis.

1837-1838—Insurrection dans le Haut et le Bas-Canada.

1841—10 février, union des deux Canadas.

1851—Recensement de la population.

856—La reine choisit Ottawa, comme capitale du Canada.
859—Le parlement du Canada invite la reine à visiter la colonie.
860—Visite du prince de Galles—Inauguration du pont Victoria—
    Départ du prince de Portland, le 20 Octobre.
861—Guerre civile aux Etats-Unis.
862—Exposition universelle de Londres.
865—Fin de la guerre civile aux Etats-Unis.
806—31 mai, invasion du Canada par les Féniens.
867—1er juillet, inauguration de la Puissance du Canada.

QUESTIONS D'EXAMEN.

I.—CHAPITRES I-VII.

1. Qui était Jacques-Cartier ? A quelle époque et pourquoi vint-il au Canada ? Quels endroits visita-t-il lors de son premier voyage au Canada ?

2. Qui est-ce qui vint avec C.rtier à son second voyage ? Comment Cartier fut-il reçu à Stadacona ? à Hochelaga ?

3. Qu'arriva-t-il pendant l'hiver à Stadacona ?

4. Comment Cartier se sépara-t-il des naturels de Stadacona ? Que devint ensuite Donnacona ?

5. Qui était Roberval ? Qu'arriva-t-il pendant le troisième voyage de Cartier ?

6. Dépeignez le caractère de Cartier ? Que devint Roberval ?

7. Qui succéda à Roberval, comme Vice-roi ? Qu'arriva-t-il à l'Île-au-Sable ?

8. Quelles sont les autres personnes qui obtinrent des lettres-patentes pour trafiquer avec le Canada ?

9. Pourquoi les indigènes s'appelaient-ils Indiens ? Donnez les noms et les bourgades des principales tribus ?

10. Quels étaient le caractère et les habitudes des Indiens ?

11. Qu'était-ce que le commerce des fourrures et à quels animaux donnait-on la chasse pour fournir aux trafiquants les peaux et les fourrures ?

II.—CHAPITRES VIII-XV.

12. Donnez quelques détails sur Champlain avant qu'il vint à Québec ? A quelle époque fonda-t-il Québec ?

13. Quelle convention Champlain fit-il avec les Indiens, et quelles en furent les conséquences ?

14. Donnez quelques détails sur la visite de Champlain chez les Hurons en 1613 et 1616 ?

15. Quelles furent les découvertes faites par Champlain ?

16. Quels furent les premiers missionnaires du Canada ?

17. Quelles furent les causes qui amenèrent la prise de Québec par les Anglais en 1629 ? A quelle époque la place fut-elle rendue aux Français ?

18. Quels édifices y avait-il à Québec en 1633, et quelles autres stations y avait-il sur le St. Laurent ?

19. En quelle année mourut Champlain ? Donnez quelques détails sur son caractère et ses dispositions ?

III.—CHAPITRES XVI-XXVIII.

20. Quels furent les gouverneurs' qui vinrent après Champlain jusqu'à 1663 ?

21. Dites quelque chose de Madame de la Peltrie et de la première supérieure des Ursulines de Québec ?

22. Par qui et à quelle époque fut fondé Montréal ? Donnez quelques détails sur les premiers temps qui suivirent sa fondation ?

23. Qui étaient les missionnaires, et quelle sorte de gens étaient-ils ?

24. Faites connaître quelques détails sur la conduite des Iroquois à l'égard des missionnaires ?

25. Quelle fut la conduite de Dollard en 1660 ?

26. A quels embarras donna lieu la traite de l'eau-de-vie ?

27. Quel était Mgr l'évêque Laval ? Donnez quelques détails sur ui et le gouverneur de Mésy ?

28. Qu'est-ce qui amena M. de Tracy au Canada ? Qui est-ce qui vint avec lui et que fit-il ?

29. Quelles sont les personnes qui prirent part à la découverte du Mississipi et à une connaissance plus étendue des régions de l'Ouest ?

30. Quels furent les gouverneurs qui vinrent après de Mésy ?

31. Quelle chose honteuse arriva-t-il au temps de Denonville ?

32. Quelles sont les autres causes qui excitèrent le courroux des Iroquois contre les Français ?

33. Donnez quelques détails snr le massacre de Lachine ?

IV.—CHAPITRES XXIX-XXXIII.

34. Qu'arriva-t-il à Corlaër et Salmon Falls ? Quels sentiments ces faits excitèrent-ils ?

35. Dites quelque chose du siége de Québec par l'amiral Phipps en 1690 ?

36. Quelle fut la conduite de Frontenac envers les Iroquois ? Comment se comporta-t-il envers les Indiens du Canada ?

37. En quelle année mourut Frontenac ? Dites quelque chose de son caractère.

38. Dites quelque chose de D'Iberville.

39. Qu'arriva-t-il à Montréal en 1761 ?

40. Quels furent les gouverneurs qui vinrent après Frontenac ?

V.—CHAPITRES XXXIV-XXXVIII.

41. Au sujet de quoi les colons de la Nouvelle-France et ceux de la Nouvelle-Angleterre se querellèrent-ils ?

42. Dites quelque chose de la mort de Jumonville et des conséquence qu'elle eut ?

43. Racontez le sort du général Braddock ?

44. Donnez quelques détails sur la conduite du général Johnson au Lac George ?

45. Qui étaient les Acadiens, et que leur arriva-t.il en 1755 ?

VI.—CHAPITRES XXXIX-XLVIII.

46. Quelles furent les trois victoires de Montcalm sur les Anglais ? Donnez quelques détails sur chacune d'elles ?

47. Quelle fut la cause de la détresse au Canada pendant que Bigot était intendant ?

48. Racontez par ordre chronologique les différentes époques où Québec fut assiégé ?

49. Donnez quelques détails sur le siége de 1759 ?

50. Racontez avec quelques détails la mort de Wolfe et de Montcalm ?

51. Qu'arriva-t-il en 1760 ?

52. Qui était Pontiac, et quel mal fit-il ?

53. Qu'arriva-t-il à Québec en 1775 ?

54. Donnez quelques détails sur les visites du prince William Henry et du prince Édouard ?

55. A quelle époque la Province de Québec fut-elle divisée en deux Provinces, et quelle fut la ligne de séparation ?

56. Donnez quelques détails sur la conduite du général Brock et sur sa mort ?

57. Quelles sont les deux victoires remarquables qui furent gagnées par les colonels de Salaberry et Morrison ?

58. Donnez quelques détails sur Braudt et Tecumseh ?

59. Quels étaient les chefs politiques du Haut et Bas-Canada lors des troubles de 1837 et 1838 ? Où y eut-il du sang répandu ?

60. Qu'est-ce qui fut fait pour mettre un terme à ces troubles ?

VII.—CHAPITRES XLIX-LIII.

61. A quelle date eut lieu l'union des deux Canadas ? Quelle était alors la population de la colonie ?

62. Pourquoi le Haut-Canada voulut-il ensuite la séparation ?

63. Pourquoi le prince de Galles visita-t-il le Canada en 1860 ?

64. Par quelles circonstances la visite du prince de Galles fut-elle surtout mémorable ?

65. Pourquoi le Haut et le Bas-Canada ne pouvaient-ils pas rester unis ? Comment se fit-il qu'Ottawa devint la capitale du Canada ?

66. Quel triste événement arriva-t-il en 1861 ? Qu'arriva-t-il cette année-là aux Etats-Unis ?

67. Donnez quelques détails sur l'incursion fénienne en 1866 ?

68. De quelles provinces la Puissance du Canada se compose-t-elle ?

59. Quelles sont les capitales de la Puissance et de chacune des provinces ?

70. Pour quelles raisons la Puissance fut-elle constituée ? Quel jour fut-elle inaugurée ?

www.ingramcontent.com/pod-product-compliance
Lightning Source LLC
Chambersburg PA
CBHW070906030726
47504CB00005B/1481